U0088094

どんどん話す！おしゃべり日本語

絶無冷場

專為聊天 準備的

日語會話

Q & A

50音基本發音表

清音

a ㄚ	i ㄧ	u ㄨ	e ㄝ	o ㄡ
あ ア	い イ	う ウ	え エ	お オ
ka ㄎㄚ	ki ㄎㄧ	ku ㄎㄨ	ke ㄎㄝ	ko ㄎㄡ
か カ	き キ	く ク	け ケ	こ コ
sa ㄙㄚ	shi ㄒ	su ㄙㄨ	se ㄙㄝ	so ㄙㄡ
さ サ	し シ	す ス	せ セ	そ ソ
ta ㄊㄚ	chi ㄑㄧ	tsu ㄘ	te ㄊㄝ	to ㄊㄡ
た タ	ち チ	つ ツ	て テ	と ト
na ㄋㄚ	ni ㄋㄧ	nu ㄋㄨ	ne ㄋㄝ	no ㄋㄡ
な ナ	に ニ	ぬ ヌ	ね ネ	の ノ
ha ㄏㄚ	hi ㄏㄧ	fu ㄈㄨ	he ㄏㄝ	ho ㄏㄡ
は ハ	ひ ヒ	ふ フ	へ ヘ	ほ ホ
ma ㄇㄚ	mi ㄇㄧ	mu ㄇㄨ	me ㄇㄝ	mo ㄇㄡ
ま マ	み ミ	む ム	め メ	も モ
ya ㄧㄚ		yu ㄧㄩ		yo ㄧㄡ
や ヤ		ゆ ユ		よ ヨ
ra ㄌㄚ	ri ㄌㄧ	ru ㄌㄨ	re ㄌㄝ	ro ㄌㄡ
ら ラ	り リ	る ル	れ レ	ろ ロ
wa ㄨㄚ		o ㄡ		n ㄣ
わ ワ		を ヲ		ん ン

濁音

ga 《ㄚ	gi 《ㄧ	gu 《ㄨ	ge 《ㄝ	go 《ㄡ
が ガ	ぎ ギ	ぐ グ	げ ゲ	ご ゴ
za ㄗㄚ	ji ㄐㄧ	zu ㄗ	ze ㄗㄝ	zo ㄗㄡ
ざ ザ	じ ジ	ず ズ	ぜ ゼ	ぞ ゾ
da ㄉㄚ	ji ㄐㄧ	zu ㄗ	de ㄉㄝ	do ㄉㄡ
だ ダ	ぢ ヂ	づ ヅ	で デ	ど ド
ba ㄅㄚ	bi ㄅㄧ	bu ㄅㄨ	be ㄅㄝ	bo ㄅㄡ
ば バ	び ビ	ぶ ブ	べ ベ	ぼ ボ
pa ㄆㄚ	pi ㄆㄧ	pu ㄆㄨ	pe ㄆㄝ	po ㄆㄡ
ぱ パ	ぴ ピ	ぷ プ	ぺ ペ	ぽ ポ

拗音

kya ㄎ一ㄚ	kyu ㄎ一ㄩ	kyo ㄎ一ㄡ
きゃ キャ	きゅ キュ	きょ キョ
sha ㄒ一ㄚ	shu ㄒ一ㄩ	sho ㄒ一ㄡ
しゃ シャ	しゅ シュ	しょ ショ
cha ㄑ一ㄚ	chu ㄑ一ㄩ	cho ㄑ一ㄡ
ちゃ チャ	ちゅ チュ	ちょ チョ
nya ㄋ一ㄚ	nyu ㄋ一ㄩ	nyo ㄋ一ㄡ
にゃ ニャ	にゅ ニュ	にょ ニョ
hya ㄏ一ㄚ	hyu ㄏ一ㄩ	hyo ㄏ一ㄡ
ひゃ ヒャ	ひゅ ヒュ	ひょ ヒョ
mya ㄇ一ㄚ	myu ㄇ一ㄩ	myo ㄇ一ㄡ
みゃ ミャ	みゅ ミュ	みょ ミョ
rya ㄌ一ㄚ	ryu ㄌ一ㄩ	ryo ㄌ一ㄡ
りゃ リャ	りゅ リュ	りょ リョ

gya ㄍ一ㄚ	gyu ㄍ一ㄩ	gyo ㄍ一ㄡ
ぎゃ ギャ	ぎゅ ギュ	ぎょ ギョ
ja ㄐ一ㄚ	ju ㄐ一ㄩ	jo ㄐ一ㄡ
じゃ ジャ	じゅ ジュ	じょ ジョ
ja ㄐ一ㄚ	ju ㄐ一ㄩ	jo ㄐ一ㄡ
ぢゃ ヂャ	ぢゅ ヂュ	ぢょ ヂョ
bya ㄅ一ㄚ	byu ㄅ一ㄩ	byo ㄅ一ㄡ
びゃ ビャ	びゅ ビュ	びょ ビョ
pya ㄆ一ㄚ	pyu ㄆ一ㄩ	pyo ㄆ一ㄡ
ぴゃ ピャ	ぴゅ ピュ	ぴょ ピョ

● | 平假名 | 片假名 |

目錄

個人生活篇

問候篇

食衣住行篇

娛樂篇

場合篇

文化環境篇

絕無冷場

專為聊天

準備的

日語會話

Q & A

個人生活篇

居住地

【對話練習】

A：リーさんはどこから来たのですか？
ri.i.sa.n.wa./do.ko.ka.ra./ki.ta.no./de.su.ka.
李先生您是從哪裡來的呢？

B：私は台湾からです。
wa.ta.shi.wa./ta.i.wa.n./ka.ra./de.su.
我是從台灣來的。

A：台湾のどこに住んでいるのですか？
ta.i.wa.n.no./do.ko.ni./su.n.de./i.ru.no./de.su.ka.
住在台灣哪裡呢？

B：私は台中に住んでいます。
wa.ta.shi.wa./ta.i.chu.u.ni./su.n.de./i.ma.su.
我住在台中。

A：台中にどれくらい住んでいますか？
ta.i.chu.u.ni./do.re.ku.ra.i./su.n.de./i.ma.su.ka.
在台中住多久了呢？

B：約 8 年間住んでいます。
ya.ku./ha.chi.ne.n.ka.n./su.n.de./i.ma.su.
大概住了 8 年。

個人生活篇

問候篇

食衣住行篇

娛樂篇

場合篇

文化環境篇

【還可以這麼開頭】

お国はどちらですか？
o.ku.ni.wa./do.chi.ra./de.su.ka.
你是哪一國人？

今、どこに住んでいますか？
i.ma./do.ko.ni./su.n.de./i.ma.su.ka.
現在住在哪裡？

どの国から来たのですか？
do.no./ku.ni./ka.ra./ki.ta.no./de.su.ka.
是從哪個國家來的？

どのくらいここにいるのですか？
do.no.ku.ra.i./ko.ko.ni./i.ru.no./de.su.ka.
打算在這裡待多久？

いつから東京に滞在していますか？
i.tsu.ka.ra./to.u.kyo.u.ni./ta.i.za.i.shi.te./i.ma.su.ka.
從什麼時候到東京來的呢？

どのくらいカナダにお住まいですか？
do.no.ku.ra.i./ka.na.da.ni./o.su.ma.i./de.su.ka.
在加拿大住多久了？

【還可以這麼回答】

アメリカのニューヨークから来ました。
a.me.ri.ka.no./nyu.u.yo.o.ku.ka.ra./ki.ma.shi.ta.
是從美國紐約來的。

今、京都に住んでいます。
i.ma./kyo.u.to.ni./su.n.de./i.ma.su.
現在住在京都。

スペインから来ました。
su.pe.i.n.ka.ra./ki.ma.shi.ta.
從西班牙來的。

京都に１週間います。
kyo.u.to.ni./i.sshu.u.ka.n./i.ma.su.
會在京都待１週。

私は先週から東京にいます。
wa.ta.shi.wa./se.n.shu.u.ka.ra./to.u.kyo.u.ni./
i.ma.su.
我從上週就在東京。

生まれてからずっとカナダに住んでいます。
u.ma.re.te.ka.ra./zu.tto./ka.na.da.ni./su.n.de./
i.ma.su.
從出生就住在加拿大。

13

出生成長地

【對話練習】

A：この辺りのご出身ですか？
ko.no./a.ta.ri.no./go.shu.sshi.n./de.su.ka.
你是在這附近長大的嗎？

B：いいえ、台湾出身です。
i.i.e./ta.i.wa.n.shu.sshi.n./de.su.
不，我是台灣來的。

A：台湾のどの辺りですか？
ta.i.wa.n.no./do.no./a.ta.ri./de.su.ka.
台灣的哪裡呢？

B：台湾の高雄です。
ta.i.wa.n.no./ta.ka.o./de.su.
台灣的高雄。

A：生まれてからずっと高雄ですか？
u.ma.re.te.ka.ra./zu.tto./ta.ka.o./de.su.ka.
從出生就一直在高雄嗎？

B：いいえ、5歳の時に高雄に引越しました。
i.i.e./go.sa.i.no./to.ki.ni./ta.ka.o.ni./hi.kko.shi.ma.shi.ta.
不，5歲的時候搬到高雄的。

【還可以這麼開頭】

ご出身はどちらですか？
go.shu.sshi.n.wa./do.chi.ra./de.su.ka.
您的故鄉是哪裡呢？／您是在哪裡長大的呢？

どちらの出身ですか？
do.chi.ra.no./shu.sshi.n./de.su.ka.
故鄉是哪裡呢？／在哪兒長大的呢？

イギリスのどちらの出身ですか？
i.gi.ri.su.no./do.chi.ra.no./shu.sshi.n./de.su.ka.
在英國的哪裡長大的呢？

幼少期はどちらで過ごしたのですか？
yo.u.sho.u.ki.wa./do.chi.ra.de./su.go.shi.ta.no./
de.su.ka.
小時候是在哪裡度過的呢？

出身地はどこですか？
shu.sshi.n.chi.wa./do.ko./de.su.ka.
是在哪裡長大的呢？

ご実家はどちらですか？
go.ji.kka.wa./do.chi.ra./de.su.ka.
老家是在哪裡呢？

個人生活篇

問候篇

食衣住行篇

娛樂篇

場合篇

文化環境篇

15

【還可以這麼回答】

私は台湾人ですが、生まれはシンガポール
です。
wa.ta.shi.wa./ta.i.wa.n.ji.n./de.su.ga./u.ma.re.wa./
shi.n.ga.po.o.ru./de.su.
我雖然是台灣人，但是在新加坡出生。

実家は日本です。
ji.kka.wa./ni.ho.n./de.su.
老家在日本。

生まれも育ちもロンドンです。
u.ma.re.mo./su.da.chi.mo./ro.n.do.n./de.su.
在倫敦出生和成長。

大阪生まれ、東京育ちです。
o.o.sa.ka./u.ma.re./to.u.kyo.u./so.da.chi./de.su.
在大阪出生，在東京長大。

名古屋生まれですが、東京に引越しました。
na.go.ya./u.ma.re./de.su.ga./to.u.kyo.u.ni./hi.kko.
shi.ma.shi.ta.
雖然在名古屋出生，但是搬家到了東京。

沖縄に移住しました。
o.ki.na.wa.ni./i.ju.u.shi.ma.shi.ta.
移居到沖繩。

生日

【對話練習】

A：誕生日（たんじょうび）はいつですか？
ta.n.jo.u.bi.wa./i.tsu./de.su.ka.
什麼時候生日？

B：実（じつ）は今日（きょう）なんです。
ji.tsu.wa./kyo.u./na.n./de.su.
其實是今天。

A：えっ、知（し）らなくてごめんなさい。
お誕生日（たんじょうび）おめでとうございます。
e./shi.ra.na.ku.te./go.me.n.na.sa.i./o.ta.n.jo.
u.bi./o.me.de.to.u./go.za.i.ma.su.
咦，對不起我不知道。祝你生日快樂。

B：ありがとう。
a.ri.ga.to.u.
謝謝。

A：今日（きょう）のお誕生日（たんじょうび）はどう過（す）ごす予定（よてい）ですか？
kyo.u.no./o.ta.n.jo.u.bi.wa./do.u./su.go.su./
yo.te.i./de.su.ka.
今天生日打算怎麼過呢？

個人生活篇

問候篇

食衣住行篇

娛樂篇

場合篇

文化環境篇

【還可以這麼開頭】

今月が誕生日の人はいますか？
ko.n.ge.tsu.ga./ta.n.jo.u.bi.no./hi.to.wa./i.ma.su.ka.

有本月生日的人嗎？

日本人は誕生日をどのように祝いますか？
ni.ho.n.ji.n.wa./ta.n.jo.u.bi.o./do.no.yo.u.ni./i.wa.i.ma.su.ka.

日本人怎麼慶祝生日呢？

子供のお誕生日はどのように祝っているのですか？
ko.do.mo.no./o.ta.n.jo.u.bi.wa./do.no.yo.u.ni./i.wa.tte./i.ru.no./de.su.ka.

都怎麼慶祝孩子的生日呢？

お誕生日はいつもどうやって祝っているの？
o.ta.n.jo.u.bi.wa./i.tsu.mo./do.u.ya.tte./i.wa.tte./i.ru.no.

都怎麼慶祝生日？

誕生日に何が欲しいですか？
ta.n.jo.u.bi.ni./na.ni.ga./ho.shi.i./de.su.ka.

想要什麼生日禮物？

【還可以這麼回答】

わたし たんじょうび　　にがつ みっか
私の誕生日は2月3日です。
wa.ta.shi.no./ta.n.jo.u.bi.wa./ni.ga.tsu./mi.kka./
de.su.
我的生日是2月3日。

たんじょうび　まいとしかぞく　　す
誕生日は毎年家族と過ごします。
ta.n.jo.u.bi.wa./ma.i.to.shi./ka.zo.ku.to./su.go.shi.
ma.su.
每年生日都和家人一起度過。

らいしゅう わたし たんじょうび
来週は私の誕生日です。
ra.i.shu.u.wa./ta.wa.ta.shi.no./ta.n.jo.u.bi./de.su.
下週是我的生日。

わたしたち　たんじょうび　いっしょ
私達、誕生日が一緒ですね。
wa.ta.shi.ta.chi./ta.n.jo.u.bi.ga./i.ssho./de.su.ne.
我們同一天生日呢。

じぶん　たんじょうび　いわ
あまり自分の誕生日を祝うことが好きで
す
はありません。
a.ma.ri./ji.bu.n.no./ta.n.jo.u.bi.o./i.wa.u./ko.to.
ga./su.ki.de.wa./a.ri.ma.se.n.
不太喜歡慶祝自己的生日。

個人生活篇

問候篇

食衣住行篇

娛樂篇

場合篇

文化環境篇

19

職業

【對話練習】

A：お仕事はなんですか？
o.shi.go.to.wa./na.n./de.su.ka.
請問你從事什麼工作呢？

B：ファッション業界で働いています。
fa.ssho.n.gyo.u.ka.i.de./ha.ta.ra.i.te./i.ma.su.
我在時尚產業工作。

A：仕事では何を担当していますか？
shi.go.to.de.wa./na.ni.o./ta.n.to.u.shi.te./
i.ma.su.ka.
工作上擔任什麼樣的職務呢？

B：商品開発です。
sho.u.hi.n.ka.i.ha.tsu./de.su.
負責研發商品。

A：お仕事は何をされているのですか？
o.shi.go.to.wa./na.ni.o./sa.re.te./i.ru.no./de.
su.ka.
請問您從事什麼樣的工作呢？

B：私はウェブデザイナーです。
wa.ta.shi.wa./we.bu.de.za.i.na.a./de.su.
我是網頁設計師。

【還可以這麼開頭】

ご職業はなんですか？
go.sho.ku.gyo.u.wa./na.n./de.su.ka.
請問你的職業是什麼？

具体的にはどんなお仕事ですか？
gu.ta.i.te.ki.ni.wa./do.nna./o.shi.go.to./de.su.ka.
具體來說是什麼樣的工作呢？

ご主人はどんなお仕事をしていますか？
go.shu.ji.n.wa./do.nna./o.shi.go.to.o./shi.te./i.ma.su.ka.
你的先生從事什麼工作呢？

そこではどんな仕事をしているのですか？
so.ko.de.wa./do.nna./shi.go.to.o./shi.te./i.ru.no./de.su.ka.
在那(公司)從事什麼工作？

どんな部署で働いてますか？
do.nna./bu.sho.de./ha.ta.ra.i.te./i.ma.su.ka.
在哪個部門工作？

どこで働いてるのですか？
do.ko.de./ha.ta.ra.i.te./ru.no./de.su.ka.
在哪裡工作呢？

個人生活篇

問候篇

食衣住行篇

娛樂篇

場合篇

文化環境篇

21

【還可以這麼回答】

自分の事業を持っています。
ji.bu.n.no./ji.gyo.u.o./mo.tte./i.ma.su.
有自己的事業。

マーケティングを担当しています。
ma.a.ke.ti.n.gu.o./ta.n.to.u.shi.te./i.ma.su.
負責市場調查。

病院に勤めています。
byo.u.i.n.ni./tsu.to.me.te./i.ma.su.
在醫院工作。

営業で働いています。
e.i.gyo.u.de./ha.ta.ra.i.te./i.ma.su.
從事業務工作。

空港で働いています。
ku.u.ko.u.de./ha.ta.ra.i.te./i.ma.su.
在機場工作。

まあ、今はあまり仕事については話したくありません。
ma.a./i.ma.wa./a.ma.ri./shi.go.to.ni./tsu.i.te.wa./ha.na.shi.ta.ku./a.ri.ma.se.n.
嗯…現在不太想談工作的事。

聯絡方式

【對話練習】

A：今度みんなでご飯しましょう。
ko.n.do./mi.n.na.de./go.ha.n.shi.ma.sho.u.
下次大家一起吃個飯吧。

B：いいですね。
i.i.de.su.ne.
好主意。

A：じゃあ、もしよかったら LINE 交換
しませんか？
ja.a./mo.shi./yo.ka.tta.ra./ra.i.n.ko.u.ka.n.shi.
ma.se.n.ka.
那麼如果方便的話，要不要交換 LINE ？

B：はい、ぜひ。こちらです。
ha.i./ze.hi./ko.chi.ra.de.su.
好的。這是我的 LINE。

A：では、みんなの予定とか聞いて、
また連絡しますね。
de.wa./mi.n.na.no./yo.te.i.to.ka./ki.i.te./ma.
ta./re.n.ra.ku.shi.ma.su.ne.
那麼，我問過大家的時間後再和你聯絡。

個人生活篇

問候篇

食衣住行篇

娛樂篇

場合篇

文化環境篇

【還可以這麼開頭】

インスタグラムのアカウントを持って<ruby>持<rt>も</rt></ruby>っていますか？
i.n.su.ta.gu.ra.mu.no./a.ka.u.n.to.o./mo.tte./i.ma.su.ka.
你有 Instagram 的帳號嗎？

<ruby>電話番号<rt>でんわばんごう</rt></ruby>を<ruby>交換<rt>こうかん</rt></ruby>しませんか？
de.n.wa.ba.n.go.u.o./ko.u.ka.n.shi.ma.se.n.ka.
要不要交換電話號碼？

メールアドレスを<ruby>教<rt>おし</rt></ruby>えてください。
me.e.ru.a.do.re.su.o./o.shi.e.te./ku.da.sa.i.
可以告訴我電子郵件地址嗎？

LINE アプリを<ruby>使<rt>つか</rt></ruby>っていますか？
ra.i.n.a.pu.ri.o./tsu.ka.tte./i.ma.su.ka.
你用 LINE 嗎？

フェイスブックをやっていますか？
fe.su.bu.kku.o./ya.tte./i.ma.su.ka.
你用 facebook 嗎？

<ruby>連絡先<rt>れんらくさき</rt></ruby>を<ruby>交換<rt>こうかん</rt></ruby>しませんか？
re.n.ra.ku.sa.ki.o./ko.u.ka.n.shi.ma.se.n.ka.
要不要交換聯絡方式？

【還可以這麼回答】

急ぎの用は電話にかけてください。
i.so.gi.no./yo.u.wa./de.n.wa.ni./ka.ke.te./ku.da.
sa.i.
有急事時請打電話。

番号は教えられません。ごめんなさい。
ba.n.go.u.wa./o.shi.e.ra.re.ma.se.n./go.me.n.na.
sa.i.
沒辦法告訴你電話號碼，對不起。

連絡先を教えることはできません。ごめん
なさい。
re.n.ra.ku.sa.ki.o./o.shi.e.ru.ko.to.wa./de.ki.ma.se.
n./go.me.n.na.sa.i.
不能告訴你聯絡方式，對不起。

返事が遅くなるかもしれないけど、必ず返
しますからね。
he.n.ji.ga./o.so.ku.na.ru./ka.mo.shi.re.na.i./ke.do./
ka.na.ra.zu./ka.e.shi.ma.su./ka.ra.ne.
可能會回得比較晚，但我一定會回覆的。

いつでも声をかけてください。
i.tsu.de.mo./ko.e.o./ka.ke.te./ku.da.sa.i.
隨時都可以找我聊。

個人生活篇

問候篇

食衣住行篇

娛樂篇

場合篇

文化環境篇

25

戀愛交往

【對話練習】

A：田中さんのことはどう思う？
ta.na.ka.sa.n.no./ko.to.wa./do.u./o.mo.u.
你覺得田中先生怎麼樣？

B：いい人だけど、私のタイプではな
いわ。
i.i.hi.to./da.ke.do./wa.ta.shi.no./ta.i.pu./
de.wa.na.i.wa.
他是個好人。但不是我喜歡的型。

A：それじゃあ、どういう人がタイプ
なのよ？
so.re.ja.a./do.u.i.u./hi.to.ga./ta.i.pu./na.no.yo.
那你喜歡什麼樣的人？

B：積極的な人がいいな。
se.kkyo.ku.te.ki.na./hi.to.ga./i.i.na.
我喜歡積極的人。

A：きっといい人が見つかるよ。
ki.tto./i.i.hi.to.ga./mi.tsu.ka.ru.yo.
一定會找到好對象的。

【還可以這麼開頭】

今誰かと付き合っていますか？
i.ma./da.re.ka.to./tsu.ki.a.tte./i.ma.su.ka.
你現在和誰交往中？

付き合ってどれくらいになりますか？
tsu.ki.a.tte./do.re.ku.ra.i.ni./na.ri.ma.su.ka.
交往多久了？

彼のことが気になるんでしょう？
ka.re.no./ko.to.ga./ki.ni.na.ru.n./de.sho.u.
你喜歡他吧？

好きな人はいますか？
su.ki.na./hi.to.wa./i.ma.su.ka.
有喜歡的人嗎？

どんなタイプの人が好きですか？
do.n.na./ta.i.pu.no./hi.to.ga./su.ki./de.su.ka.
喜歡什麼類型的人？

彼女は誰かと付き合っていますか？
ka.no.jo.wa./da.re.ka.to./tsu.ki.a.tte./i.ma.su.ka.
她現在有交往的對象嗎？

個人生活篇

問候篇

食衣住行篇

娛樂篇

場合篇

文化環境篇

27

【還可以這麼回答】

好<ruby>す</ruby>きな人<ruby>ひと</ruby>がいます。
su.ki.na./hi.to.ga./i.ma.su.
有喜歡的人。

ずっと独身<ruby>どくしん</ruby>です。
zu.tto./do.ku.shi.n./de.su.
一直單身。

1 週間前<ruby>いっしゅうかんまえ</ruby>に、よりを戻<ruby>もど</ruby>したの。
i.sshu.u.ka.n./ma.e.ni./yo.ri.o./mo.do.shi.ta.no.
1 週前和對方重修舊好。

彼女<ruby>かのじょ</ruby>のことがとても気<ruby>き</ruby>になります。
ka.no.jo.no./ko.to.ga./to.te.mo./ki.ni./na.ri.ma.su.
一直很在意 (喜歡) 她。

彼<ruby>かれ</ruby>に一目惚<ruby>ひとめぼ</ruby>れしちゃいました。
ka.re.ni./hi.to.me.bo.re./shi.cha.i.ma.shi.ta.
對他一見鍾情。

実<ruby>じつ</ruby>は、私<ruby>わたし</ruby>たちは付<ruby>つ</ruby>き合<ruby>あ</ruby>ってるの。
ji.tsu.wa./wa.ta.shi.ta.chi.wa./tsu.ki.a.tte.ru.no.
其實我們正在交往。

感情問題

【對話練習】

A：誰か付き合っている人はいないの？
da.re.ka./tsu.ki.a.tte./i.ru./hi.to.wa./i.na.i.no.
有交往的對象嗎？

B：付き合っている人はいないけど、
気になる人がいるんだ。
tsu.ki.a.tte./i.ru./hi.to.wa./i.na.i.ke.do./ki.ni./
na.ru./hi.to.ga./i.ru.n.da.
沒有交往對象，但有喜歡的人。

A：その人はあなたの気持ちを知って
いるの？
so.no./hi.to.wa./a.na.ta.no./ki.mo.chi.o./shi.
tte./i.ru.no.
那個人知道你的心意嗎？

B：知らないよ。だってただの片思い
だもん。
shi.ra.na.i.yo./da.tte./ta.da.no./ka.ta.o.mo.i./
da.mo.n.
不知道。因為我只是單相思啊。

個人生活篇

問候篇

食衣住行篇

娛樂篇

場合篇

文化環境篇

【還可以這麼開頭】

昨日彼氏と別れちゃった。
ki.no.u./ka.re.shi.to./wa.ka.re.cha.tta.
昨天和他分手了。

また喧嘩しちゃったの？
ma.ta./ke.n.ka./shi.cha.tta.no.
又吵架了嗎？

遠距離恋愛ってつらいよね。
e.n.kyo.ri.re.n.a.i.tte./tsu.ra.i.yo.ne.
遠距離戀愛很辛苦吧？

彼女が彼とよりを戻したって知ってる？
ka.no.jo.ga./ka.re.to./yo.ri.o./mo.do.shi.ta.tte./
shi.tte.ru.no.
你知道她和他重修舊好了嗎？

彼女に新しい彼氏ができたのよね。
ka.no.jo.ni./a.ta.ra.shi.i./ka.re.shi.ga./de.ki.ta.no.
yo.ne.
她交了新男友對吧？

誰がばらしたの？
da.re.ga./ba.ra.shi.ta.no.
是誰傳出去的？

【還可以這麼回答】

彼は私の気持ちをまだ知らないの。
ka.re.wa./wa.ta.shi.no./ki.mo.chi.o./ma.da./shi.
ra.na.i.no.
他還不知道我的心意。

彼は絶対浮気してる。
ka.re.wa./ze.tta.i./u.wa.ki.shi.te.ru.
他一定劈腿了。

彼女にふられた。
ka.no.jo.ni./fu.ra.re.ta.
被她甩了。

彼はヤキモチやきで、わたしを信じてくれない。
ka.re.wa./ya.ki.mo.chi.ya.ki.de./wa.ta.shi.o./shi.
n.ji.te./ku.re.na.i.
他很愛吃醋，都不相信我。

今はもう彼女のことが好きじゃなくなった。
i.ma.wa./mo.u./ka.no.jo.no./ko.to.ga./su.ki.ja.na.
ku.na.tta.
現在已經不喜歡她了。

個人生活篇

問候篇

食衣住行篇

娛樂篇

場合篇

文化環境篇

婚姻狀態

【對話練習】

A：結婚していますか？
ke.kko.n.shi.te./i.ma.su.ka.
結婚了嗎？

B：はい、既婚者です。
ha.i./ki.ko.n.sha.de.su.
是的，我已婚。

A：結婚してどれくらいですか？
ke.kko.n.shi.te./do.re.ku.ra.i./de.su.ka.
結婚多久了呢？

B：結婚して 3 年になります。
ke.kko.n.shi.te./sa.n.ne.n.ni./na.ri.ma.su.
結婚 3 年了。

A：来月で私たちは結婚して 20 年に
なります。
ra.i.ge.tsu.de./wa.ta.shi.ta.chi.wa./ke.kko.
n.shi.te./ni.ju.u.ne.n.ni./na.ri.ma.su.
下個月我們就結婚 20 年了。

B：おめでとう。
o.me.de.to.u.
恭喜。

【還可以這麼開頭】

奥さんと結婚してどれくらいですか？
o.ku.sa.n.to./ke.kko.n.shi.te./do.re.ku.ra.i./de.su.
ka.

和你老婆結婚多久了？

既婚者ですか？
ki.ko.n.sha./de.su.ka.

你已婚嗎？

彼らが結婚してどのくらいになるか知っていますか？
ka.re.ra.ga./ke.kko.n.shi.te./do.no.ku.ra.i.ni./na.
ru.ka./shi.tte./i.ma.su.ka.

你知道他們結婚多久了嗎？

彼女と結婚するつもりですか？
ka.no.jo.to./ke.kko.n.su.ru./tsu.mo.ri./de.su.ka.

你打算和她結婚嗎？

結婚願望はないですか？
ke.kko.n.ga.n.bo.u.wa./na.i./de.su.ka.

不打算結婚嗎？

独身主義ですか？
do.ku.shi.n.shu.gi./de.su.ka.

是單身主義嗎？

個人生活篇

問候篇

食衣住行篇

娛樂篇

場合篇

文化環境篇

33

【還可以這麼回答】

３年前に結婚しました。
sa.n.ne.n.ma.e.ni./ke.kko.n.shi.ma.shi.ta.
３年前結婚了。

彼は結婚してると聞きました。
ka.re.wa./ke.kko.n.shi.te.ru.to./ki.ki.ma.shi.ta.
聽說他已經結婚了。

別居中です。
be.kkyo.u.chu.u./de.su.
分居中。

来月、彼女と結婚します。
ra.i.ge.tsu./ka.no.jo.to./ke.kko.n.shi.ma.su.
下個月要和女友結婚。

以前、結婚していました。
i.ze.n./ke.kko.n.shi.te./i.ma.shi.ta.
以前曾結過婚。

バツイチです。
ba.tsu.i.chi./de.su.
離過一次婚。

懷孕

【對話練習】

A：実は子供ができました。
ji.tsu.wa./ko.do.mo.ga./de.ki.ma.shi.ta.
其實，我懷孕了。

B：おめでとう。今何ヶ月ですか？
o.me.de.to.u./i.ma./na.n.ka.ge.tsu./de.su.ka.
恭喜。現在幾個月了？

A：ありがとう。6ヶ月です。
a.ri.ga.to.u./ro.kka.ge.tsu./de.su.
謝謝。6個月了。

B：出産予定日はいつですか？
shu.ssa.n.yo.te.i.bi.wa./I.tsu./de.su.ka.
預產期是什麼時候？

A：1月10日頃です。
i.chi.ga.tsu./to.o.ka./go.ro./de.su.
1月10日左右。

B：生まれたら知らせてね。
u.ma.re.ta.ra./shi.ra.se.te.ne.
生了要通知我喔。

個人生活篇

問候篇

食衣住行篇

娛樂篇

場合篇

文化環境篇

【還可以這麼開頭】

奥さんが妊娠していると聞きました。おめでとう。
o.ku.sa.n.ga./ni.n.shi.n.shi.te./i.ru.to./ki.ki.ma.shi.ta./o.me.de.to.u.
聽說夫人懷孕了，恭喜你。

男の子と女の子どっちが欲しい？
o.to.ko.no.ko.to./o.n.na.no.ko./do.cchi.ga./ho.shi.i.
你想要男生還女生？

妊娠何週目ですか？
ni.n.shi.n./na.n.shu.u.me./de.su.ka.
懷孕第幾週？

産休をどのくらい取りますか？
sa.n.kyu.u.o./do.no.ku.ra.i./to.ri.ma.su.ka.
打算休多久的產假？

ご出産おめでとうございます。
go.shu.ssa.n./o.me.de.to.u./go.za.i.ma.su.
恭喜寶寶出生了。

母親になるって、どんな気持ちですか？
ha.ha.o.ya.ni./na.ru.tte./do.n.na./ki.mo.chi./de.su.ka.
當媽媽是怎麼樣的心情？

【還可以這麼回答】

赤ちゃんができました。
a.ka.cha.n.ga./de.ki.ma.shi.ta.
懷孕了。

今日で臨月に入りました。
kyo.u.de./ri.n.ge.tsu.ni./ha.i.ri.ma.shi.ta.
今天開始進入孕期最後一個月。

彼女は妊娠しています。
ka.no.jo.wa./ni.n.shi.n.shi.te./i.ma.su.
她懷孕了。

私は父になるのです。
wa.ta.shi.wa./chi.chi.ni./na.ru.no./de.su.
我要當爸爸了。

子供の出産予定日の前後に休みをとりました。
ko.do.mo.no./shu.ssa.n.yo.te.i.bi.no./ze.n.go.ni./ya.su.mi.o./to.ri.ma.shi.ta.
預產期前後請了假。

つわりがひどくてつらいです。
tsu.wa.ri.ga./hi.do.ku.te./tsu.ra.i./de.su.
害喜很嚴重非常痛苦。

個人生活篇

問候篇

食衣住行篇

娛樂篇

場合篇

文化環境篇

37

育兒

【對話練習】

A：育児大変でしょう？
いくじたいへん
i.ku.ji./ta.i.he.n./de.sho.u.
帶孩子很辛苦吧？

B：大変ですが、楽しんでいます。
たいへん　　　たの
ta.i.he.n./de.su.ga./ta.no.shi.n.de./i.ma.su.
雖然很辛苦，但樂在其中。

A：旦那さんは手伝ってくれますか？
だんな　　　　てつだ
da.n.na.sa.n.wa./te.tsu.da.tte./ku.re.ma.su.
ka.
老公會幫忙嗎？

B：ええ、赤ちゃんをお風呂に入れて
　　　あか　　　　　　ふ　ろ　い
　くれるから助かります。
　　　　　　たす
e.e./a.ka.cha.n.o./o.fu.ro.ni./i.re.te./ku.re.
ru.ka.ra./ta.su.ka.ri.ma.su.
會的，他會幫嬰兒洗澡，幫了我大忙。

A：素敵な旦那さんですね。
すてき　だんな
su.te.ki.na./da.n.na.sa.n./de.su.ne.
真是很棒的丈夫呢。

【還可以這麼開頭】

子育てはどうですか？楽しんでいますか？
ko.so.da.te.wa./do.u./de.su.ka./ta.no.shi.n.de./i.ma.su.ka.
育兒怎麼樣？開心嗎？

彼女は育児に悩んでいるみたい。
ka.no.jo.wa./i.ku.ji.ni./na.ya.n.de./i.ru./mi.ta.i.
她似乎為了育兒一事煩惱著。

彼女、育児の手伝いが必要です。
ka.no.jo./i.ku.ji.no./te.tsu.da.i.ga./hi.tsu.yo.u./de.su.
她需要人幫忙育兒。

育児と家事、どうやって両立させますか？
i.ku.ji.to./ka.ji./do.u.ya.tte./ryo.u.ri.tsu.sa.se./ma.su.ka.
育兒和家事該怎麼樣同時做好呢？

奥様、少しノイローゼ気味じゃない？
o.ku.sa.ma./su.ko.shi./no.i.ro.o.ze./gi.mi./ja.na.i.
你的太太是不是有點憂鬱呢？

個人生活篇

問候篇

食衣住行篇

娛樂篇

場合篇

文化環境篇

39

【還可以這麼回答】

娘は出産予定日の5日前に生まれました。
mu.su.me.wa./shu.ssa.n.yo.te.i.bi.no./i.tsu.ka.ma.e.ni./u.ma.re.ma.shi.ta.
我的女兒是在預產期前5天出生的。

ハイハイをし始めたところです。
ha.i.ha.i.o./shi.ha.ji.me.ta./to.ko.ro./de.su.
才剛會爬。

1日中、目が離せません。
i.chi.ni.chi.ju.u./me.ga./ha.na.se.ma.se.n.
1整天都不能移開視線。

毎日寝不足です。
ma.i.ni.chi./ne.bu.so.ku./de.su.
每天都睡眠不足。

オムツを替えるのは彼の役目です。
o.mu.tsu.o./ka.e.ru.no.wa./ka.re.no./ya.ku.me./de.su.
他的任務就是換尿布。

夜泣きがひどいです。
yo.na.ki.ga./hi.do.i./de.su.
小孩晚上哭得嚴重。

家族成員

【對話練習】

A：何人家族ですか？
なんにんかぞく
na.n.ni.n.ka.zo.ku./de.su.ka.
家裡有幾個人？

B：5人家族です。
ごにんかぞく
go.ni.n.ka.zo.ku./de.su.
家裡有5個人。

A：前田さんは末っ子ですか？
まえだ　　　　　すえ　こ
ma.e.da.sa.n.wa./su.e.kko./de.su.ka.
前田小姐是最小的嗎？

B：いいえ、10歳離れの妹がいます。
　　　　　　じゅっさいばな　　いもうと
i.i.e./Ju.ssa.i.ba.na.re.no./i.mo.u.to.ga./i.ma.su.
不是，我還有個小10歲的妹妹。

A：みんな一緒に住んでいますか？
　　　　いっしょ　す
mi.n.na./i.ssho.ni./su.n.de./i.ma.su.ka.
大家都住在一起嗎？

B：はい、一緒に住んでいます。
　　　　いっしょ　す
ha.i./i.ssho.ni./su.n.de./i.ma.su.
是的，都住一起。

個人生活篇

問候篇

食衣住行篇

娛樂篇

場合篇

文化環境篇

【還可以這麼開頭】

兄弟_{きょうだい}はいますか？

kyo.u.da.i.wa./i.ma.su.ka.

有兄弟姊妹嗎？

ところで、お子_こさんはいらっしゃるんですか？

to.ko.ro.de./o.ko.sa.n.wa./i.ra.ssha.ru.n./de.su.ka.

對了，你有孩子嗎？

一人_{ひとり}っ子_こですか？

hi.to.ri.kko./de.su.ka.

是獨生子嗎？

ご家族_{かぞく}と暮_くらしていますか？

go.ka.zo.ku.to./ku.ra.shi.te./i.ma.su.ka.

和家人一起住嗎？

田中_{たなか}さんの家族_{かぞく}について聞_きかせてください。

ta.na.ka.sa.n.no./ka.zo.ku.ni./tsu.i.te./ki.ka.se.te./ku.da.sa.i.

請告訴我關於田中先生家人的事。

いいご家族_{かぞく}ですね。

i.i./go.ka.zo.ku./de.su.ne.

真是美滿的家庭。

【還可以這麼回答】

いもうと ふたり
妹 が２人います。
i.mo.u.to.ga./fu.ta.ri./i.ma.su.
有２個妹妹。

みっ としうえ あね
３つ年上の姉がいます。
mi.ttsu./to.shi.u.e.no./a.ne.ga./i.ma.su.
有大３歲的姊姊。

ひっぴきか
ペットを１匹飼っています。
pe.tto.o./i.ppi.ki./ka.tte./i.ma.su.
養了１隻寵物。

あに ひとり いもうと ひとり わたし ま なか
兄が１人と妹が１人で、私は真ん中です。
a.ni.ga./hi.to.ri.to./i.mo.u.to.ga./hi.to.ri.de./wa.ta.
shi.wa./ma.n.na.ka./de.su.
有１個哥哥，１個妹妹，我在中間。

わたし きょうだい しまい
私は兄弟も姉妹もいません。
wa.ta.shi.wa./kyo.u.da.i.mo./shi.ma.i.mo./i.ma.
se.n.
我沒有兄弟也沒有姊妹。

ひとりぐ
一人暮らしです。
hi.to.ri.gu.ra.shi./de.su.
１個人住。

個人生活篇

問候篇

食衣住行篇

娛樂篇

場合篇

文化環境篇

教育

【對話練習】

A：ところで、娘さんがいらっしゃる
んでしたっけ？
to.ko.ro.de./mu.su.me.sa.n.ga./i.ra.ssha.
ru.n./de.shi.ta.kke.
對了，你是不是有個女兒？

もう受験勉強を始めましたか？
mo.u./ju.ke.n.be.n.kyo.u.o./ha.ji.me.ma.shi.
ta.ka.
已經開始準備升學考試了嗎？

B：いいえ、まだです。塾に通わせよ
うか迷っているんです。
i.i.e./ma.da.de.su./ju.ku.ni./ka.yo.wa.se.yo.
u.ka./ma.yo.tte./i.ru.n./de.su.
不，還沒。還在考慮要不要讓她上補習班。

A：お近くの塾に問い合わせて、体験
してみたらどうですか？
o.chi.ka.ku.no./ju.ku.ni./to.i.a.wa.se.te./
ta.i.ke.n.shi.te./mi.ta.ra./do.u./de.su.ka.
去附近的補習班詢問，試讀一下怎麼樣？

【還可以這麼開頭】

息子さんは元気にやっていますか？
mu.su.ko.sa.n.wa./ge.n.ki.ni./ya.tte./i.ma.su.ka.
你的兒子最近好嗎？

お子さんとは上手く行っていますか？
o.ko.sa.n.to.wa./u.ma.ku./i.tte./i.ma.su.ka.
和孩子處得好嗎？

放課後は何かしているんですか？
ho.u.ka.go.wa./na.ni.ka./shi.te./i.ru.n./de.su.ka.
放學後都做什麼呢？

幼稚園に通っているんですか？
yo.u.chi.e.n.ni./ka.yo.tte./i.ru.n./de.su.ka.
有上幼兒園嗎？

スマホゲームを遊ばせているんですか？
su.ma.ho.ge.e.mu.o./a.so.ba.se.te./i.ru.n./de.su.ka.
讓他玩手機遊戲嗎？

私立の学校に入れるんですか？
shi.ri.tsu.no./ga.kko.u.ni./i.re.ru.n./de.su.ka.
要讓他上私立學校嗎？

個人生活篇

問候篇

食衣住行篇

娛樂篇

場合篇

文化環境篇

【還可以這麼回答】

いつもクラスメートにいたずらばかりしようとするんですよ。
i.tsu.mo./ku.ra.su.me.e.to.ni./i.ta.zu.ra./ba.ka.ri./shi.yo.u.to./su.ru.n./de.su.yo.
總是想對同學惡作劇呢。

サッカーをやらせてみようかと思っています。
sa.kka.a.o./ya.ra.se.te./mi.yo.u.ka.to./o.mo.tte./i.ma.su.
想讓他試試踢足球。

何も言わなくても、自分から勉強します。
na.ni.mo./i.wa.na.ku.te.mo./ji.bu.n./ka.ra./be.n.kyo.u.shi.ma.su.
不必別人催促就能主動學習。

うちの子、勉強にやる気がないんです。
u.chi.no.ko./be.n.kyo.u.ni./ya.ru.ki.ga./na.i.n./de.su.
我家孩子對學習老提不起勁啊。

まあ反抗期ですから、しょうがないですね。
ma.a./ha.n.ko.u.ki./de.su.ka.ra./sho.u.ga.na.i./de.su.ne.
沒辦法，還是叛逆期嘛。

開心愉快

【對話練習】

A：やった！やっと１位に選ばれました。
ya.tta./ya.tto./i.chi.i.ni./e.ra.ba.re.ma.shi.ta.
耶！終於被選為第１名了。

B：おめでとう。よくできたね。
o.me.de.to.u./yo.ku.de.ki.ta.ne.
恭喜。真是太棒了。

A：ありがとう。すごく嬉しい。
a.ri.ga.to.u./su.go.ku./u.re.shi.i.
謝謝，我很開心。

B：頑張って練習してきたもんね。
ga.n.ba.tte./re.n.shu.u.shi.te./ki.ta.mo.n.ne.
因為你一直很努力練習呢。

お祝いに食事に行こうか？今日はわたしのおごりで！
o.i.wa.i.ni./sho.ku.ji.ni./i.ko.u.ka./kyo.u.wa./wa.ta.shi.no./o.go.ri.de.
要不要去吃個飯慶祝？今天我請客！

個人生活篇

問候篇

食衣住行篇

娛樂篇

場合篇

文化環境篇

47

【還可以這麼表達】

ウキウキします。
u.ki.u.ki./shi.ma.su.
興奮期待。

こんな幸せなことはありません。
ko.n.na./shi.a.wa.se.na./ko.to.wa./a.ri.ma.se.n.
沒有比這更幸福的事。

幸せすぎで夢みたいです。
shi.a.wa.se./su.gi.de./yu.me./mi.ta.i./de.su.
幸福得像在做夢一樣。

昇給できて最高に嬉しいです。
sho.u.kyu.u.de.ki.te./sa.i.ko.u.ni./u.re.shi.i./de.su.
加薪了真是太開心了。

娘が高校に合格して嬉しくてたまらない
です。
mu.su.me.ga./ko.u.ko.u.ni./go.u.ka.ku.shi.te./u.re.
shi.ku.te./ta.ma.ra.na.i./de.su.
女兒考上高中了，讓我開心得不得了。

こうして集まれることが嬉しいです。
ko.u.shi.te./a.tsu.ma.re.ru./ko.to.ga./u.re.shi.i./
de.su.
真高興能像這樣聚在一起。

【還可以這麼表達】

今日<ruby>きょう</ruby>は楽<ruby>たの</ruby>しかったです。
kyo.u.wa./ta.no.shi.ka.tta./de.su.
今天很愉快。

待<ruby>ま</ruby>ち遠<ruby>どお</ruby>しいです。
ma.chi.do.o.shi.i./de.su.
引頸期盼。

ドキドキします。
do.ki.do.ki./shi.ma.su.
興奮期待。

すごく面白<ruby>おもしろ</ruby>かったです。
su.go.ku./o.mo.shi.ro.ka.tta./de.su.
非常有趣。

週末<ruby>しゅうまつ</ruby>に会<ruby>あ</ruby>えるのを楽<ruby>たの</ruby>しみにしています。
shu.u.ma.tsu.ni./a.e.ru.no./ta.no.shi.mi.ni./shi.
te./i.ma.su.
很期待週末的見面。

今日<ruby>きょう</ruby>は人生<ruby>じんせい</ruby>て最高<ruby>さいこう</ruby>の日<ruby>ひ</ruby>でした。
kyo.u.wa./ji.n.se.i.de./sa.i.ko.u.no.hi./de.shi.ta.
今天是人生最棒的日子。

個人生活篇
問候篇
食衣住行篇
娛樂篇
場合篇
文化環境篇

悲傷難過

【對話練習】

A：なんでそんなに悲しい顔をしてる
のですか？
na.n.de./so.n.na.ni./ka.na.shi.i./ka.o.o./shi.
te.ru.no./de.su.ka.
為什麼一臉悲傷的表情？

B：仕事のことを考えると憂鬱になっ
ちゃいました。
shi.go.to.no./ko.to.o./ka.n.ga.e.ru.to./
yu.u.u.tsu.ni./na.ccha.i.ma.shi.ta.
想著工作的事心情就憂鬱起來。

A：仕事に何かあったのですか？
shi.go.to.ni./na.ni.ka./a.tta.no./de.su.ka.
工作上發生什麼事了嗎？

B：業績の悪いことを課長に注意され
ました。
gyo.u.se.ki.no./wa.ru.i./ko.to.o./ka.cho.u.ni./
chu.u.i.sa.re.ma.shi.ta.
因為業績不好所以被課長警告了。

A：それはやばいですね。
so.re.wa./ya.ba.i./de.su.ne.
那可真不妙。

【還可以這麼表達】

家<ruby>か<rt></rt></ruby>族<ruby>ぞく<rt></rt></ruby>に会<ruby>あ<rt></rt></ruby>えなくて寂<ruby>さび<rt></rt></ruby>しいです。
ka.zo.ku.ni./a.e.na.ku.te./sa.bi.shi.i./de.su.
不能和家人見面覺得很寂寞。

とてつもなく悲<ruby>かな<rt></rt></ruby>しいです。
to.te.tsu.mo.na.ku./ka.na.shi.i./de.su.
非常地哀傷。

気<ruby>き<rt></rt></ruby>持<ruby>も<rt></rt></ruby>ちが塞<ruby>ふさ<rt></rt></ruby>いでいます。
ki.mo.chi.ga./fu.sa.i.de./i.ma.su.
心情很鬱悶。

落<ruby>お<rt></rt></ruby>ち込<ruby>こ<rt></rt></ruby>んでいます。
o.chi.ko.n.de./i.ma.su.
心情低落。

泣<ruby>な<rt></rt></ruby>きそうです。
na.ki.so.u./de.su.
真想哭。

何<ruby>なに<rt></rt></ruby>をする気<ruby>き<rt></rt></ruby>にもなれず、とても辛<ruby>つら<rt></rt></ruby>いです。
na.ni.o./su.ru./ki.ni.mo./na.re.zu./to.te.mo./tsu.
ra.i./de.su.
對什麼事都提不起勁，非常痛苦。

個人生活篇

問候篇

食衣住行篇

娛樂篇

場合篇

文化環境篇

51

【還可以這麼表達】

とても切ないです。
to.te.mo./se.tsu.na.i./de.su.
非常悲傷。

傷つきました。
ki.zu.tsu.ki.ma.shi.ta.
感覺受傷。

とてもがっかりしてしまいました。
to.te.mo./ga.kka.ri.shi.te./shi.ma.i.ma.shi.ta.
非常失望。

悔しい！
ku.ya.shi.i.
真不甘心！

もうたくさんです。
mo.u./ta.ku.sa.n./de.su.
我受夠了。

イライラしてきた。
i.ra.i.ra./shi.te./ki.ta.
漸漸感到煩躁。

安慰打氣

【對話練習】

A：何をやっても上手くいかなくて。
na.ni.o./ya.tte.mo./u.ma.ku./i.ka.na.ku.te.
做什麼都不順遂。

B：大変ですね。元気を出して。
ta.i.he.n./de.su.ne./ge.n.ki.o./da.shi.te.
很辛苦吧。打起精神。

A：私1人でできるかな。
wa.ta.shi./hi.to.ri.de./de.ki.ru./ka.na.
我1個人辦得到嗎？

B：心配しないで、なんとかなるよ。
shi.n.pa.i.shi.na.i.de./na.n.to.ka./na.ru.yo.
別擔心，總有辦法解決的。

A：すべてが私のせいだ。
su.be.te.ga./wa.ta.shi.no./se.i.da.
全都是我的錯。

B：まあ、自分を責めないで。
ma.a./ji.bu.n.o./se.me.na.i.de.
算了，別責備自己。

個人生活篇
問候篇
食衣住行篇
娛樂篇
場合篇
文化環境篇

【還可以這麼表達】

追い込みすぎないようにね。
o.i.ko.mi.su.gi.na.i./yo.u.ni.ne.
別(把自己)逼得太緊。

悲しまないで。
ka.na.shi.ma.na.i.de.
別傷心。

泣かないで。
na.ka.na.i.de.
別哭。

涙を拭いて。
na.mi.da.o./fu.i.te.
擦乾淚水。

気にしないでください。
ki.ni./shi.na.i.de./ku.da.sa.i.
別在意。

そんなに落ち込まないでください。
so.n.na.ni./o.chi.ko.ma.na.i.de./ku.da.sa.i.
別那麼低落。

【還可以這麼表達】

それは残念です。
so.re.wa./za.n.ne.n./de.su.
那真是可惜。

気楽に行こうよ。
ki.ra.ku.ni./i.ko.u.yo.
放鬆心情去做吧。

明日は明日の風が吹くよ。
a.shi.ta.wa./a.shi.ta.no./ka.ze.ga./fu.ku.yo.
明天又是新的一天。

もう一度だけ、最後にやってみましょう。
mo.u./i.chi.do./da.ke./sa.i.go.ni./ya.tte./mi.ma.
sho.u.
再一次就好，再試最後一次。

踏ん張って頑張りましょう。
fu.n.ba.tte./ga.n.ba.ri.ma.sho.u.
咬緊牙關加油。

やってみなくちゃ分からないよ。
ya.tte./mi.na.ku.cha./wa.ka.ra.na.i.yo.
不試不知道結果啊。

個人生活篇

問候篇

食衣住行篇

娛樂篇

場合篇

文化環境篇

表達謝意

【對話練習】

A：なんてお礼を言ったらいいのか分かりません。
na.n.te./o.re.i.o./i.tta.ra./i.i.no.ka./wa.ka.ri.ma.se.n.
不知道該怎麼謝你才好。

B：気にしないで。
ki.ni./shi.na.i.de.
別在意。

お役に立ててよかったです。
o.ya.ku.ni./ta.te.te./yo.ka.tta./de.su.
能幫上忙太好了。

A：昨日は掃除の手伝いをしてくれてありがとう。
ki.no.u.wa./so.u.ji.no./te.tsu.da.i.o./shi.te./ku.re.te./a.ri.ga.to.u.
謝謝你昨天幫我打掃。

B：いいえ、大したことないですよ。
i.i.e./ta.i.shi.ta./ko.to./na.i./de.su.yo.
不客氣，不是什麼大不了的事。

【還可以這麼開頭】

ありがとうございます。
a.ri.ga.to.u./go.za.i.ma.su.
謝謝。

ほんとう かんしゃ
本当に感謝しています。
ho.n.to.u.ni./ka.n.sha.shi.te./i.ma.su.
衷心感謝。

せ わ
お世話になりました。
o.se.wa.ni./na.ri.ma.shi.ta.
受您照顧了。

ほんとう たす
本当に助かりました。
ho.n.to.u.ni./ta.su.ka.ri.ma.shi.ta.
真的幫了我大忙。

どうもありがとうございます。
do.u.mo./a.ri.ga.to.u./go.za.i.ma.su.
非常感謝。

いろいろ
色々ありがとう。
i.ro.i.ro./a.ri.ga.to.u.
感謝你幫我許多忙。

個人生活篇

問候篇

食衣住行篇

娛樂篇

場合篇

文化環境篇

57

【還可以這麼回答】

どういたしまして。
do.u./i.ta.shi.ma.shi.te.
不客氣。

大丈夫よ。
da.i.jo.u.bu.yo.
沒關係唷。

お礼は大丈夫です。
o.re.i.wa./da.i.jo.u.bu./de.su.
不必特地道謝。

構いませんよ。
ka.ma.i.ma.se.n.yo.
別在意。

お役に立てて嬉しいです。
o.ya.ku.ni./ta.te.te./u.re.shi.i./de.su.
很高興能幫上忙。

お礼には及びませんよ。
o.re.i.ni.wa./o.yo.bi.ma.se.n.yo.
不值得特意道謝啦。

表達歉意

【對話練習】

A：この豚肉は生焼けなんですが。
ko.no./bu.ta.ni.ku.wa./na.ma.ya.ke./na.n./
de.su.ga.
這豬肉沒熟。

B：申し訳ございません。すぐに新し
いのをお持ちいたします。
mo.u.shi.wa.ke./go.za.i.ma.se.n./su.gu.ni./
a.ta.ra.shi.i.no.o./o.mo.chi./i.ta.shi.ma.su.
很抱歉，馬上為您拿新的過來。

A：もう行かなきゃ遅れちゃいますよ。
mo.u./i.ka.na.kya./o.ku.re.cha.i.ma.su.yo.
再不出發的話要遲到囉。

B：すみません。3時からだと思って
ました。
su.mi.ma.se.n./sa.n.ji./ka.ra.da.to./o.mo.tte./
ma.shi.ta.
對不起，我以為是3點開始。

個人生活篇

問候篇

食衣住行篇

娛樂篇

場合篇

文化環境篇

【還可以這麼表達】

待
ま
たせてごめん。
ma.ta.se.te./go.me.n.
不好意思讓你久等。

失礼
しつれい
します。
shi.tsu.re.i.shi.ma.su.
不好意思。/ 打擾了。

そんなつもりじゃなかったんです。
so.n.na./tsu.mo.ri./ja.na.ka.tta.n.de.su.
我不是故意的。

あのような大
おお
きなミスをして、とても後悔
こうかい
しています。
a.no./yo.u.na./o.o.ki.na./mi.su.o./shi.te./to.te.
mo./ko.u.ka.i.shi.te./i.ma.su.
犯了那麼大的錯，非常後悔。

許
ゆる
してください。
yu.ru.shi.te./ku.da.sa.i.
請原諒我。

お返事
へんじ
が遅
おそ
くなってすみません。
o.he.n.ji.ga./o.so.ku./na.tte./su.mi.ma.se.n.
回覆晚了，很抱歉。

【還可以這麼表達】

ごめんなさい。
go.me.n.na.sa.i.
對不起。

私の不注意でした。
wa.ta.shi.no./fu.chu.u.i./de.shi.ta.
是我不小心。

心よりお詫び申し上げます。
ko.ko.ro./yo.ri./o.wa.bi./mo.u.shi.a.ge.ma.su.
誠心致上歉意。

以後気をつけます。
i.go./ki.o./tsu.ke.ma.su.
以後會小心。

ご迷惑をおかけして申し訳ございません。
go.me.i.wa.ku.o./o.ka.ke.shi.te./mo.u.shi.wa.ke./
go.za.i.ma.se.n.
很抱歉造成您的困擾。

ご不便をおかけしまして、誠に申し訳ございません。
go.fu.be.n.o./o.ka.shi.shi.ma.shi.te./ma.ko.to.ni./
mo.u.shi.wa.ke./go.za.i.ma.se.n.
造成不便，誠心向您表達歉意。

61

贊成反對

【對話練習】

A：あのレストランに行ってみませんか？

a.no./re.su.to.ra.n.ni./i.tte./mi.ma.se.n.ka.

要不要去那間餐廳看看？

B：いいですね。予約しましょうか？

i.i.de.su.ne./yo.ya.ku.shi.ma.sho.u.ka.

好啊，我來預約吧。

A：夏休みはハワイはどう？

na.tsu.ya.su.mi.wa./ha.wa.i.wa./do.u.

暑假去夏威夷怎麼樣？

B：いいんじゃない。

i.i.n.ja.na.i.

不錯啊。

A：彼は私の運命の人に違いないわ。

ka.re.wa./wa.ta.shi.no./u.n.me.i.no./hi.to.ni./chi.ga.i.na.i.wa.

他一定是我的真命天子。

B：それはどうかな。

so.re.wa./do.u.ka.na.

那可說不準。

【還可以這麼表達】

まった どうかん
全く同感です。
ma.tta.ku./do.u.ka.n./de.su.
完全同意。

りょうかい
了解です。
ryo.u.ka.i./de.su.
了解。

さんせい
賛成です。
sa.n.se.i./de.su.
贊成。

それはもっともだと思います。
so.re.wa./mo.tto.mo.da.to./o.mo.i.ma.su.
覺得非常正確。

どうかん
同感です。
do.u.ka.n./de.su.
深有同感。

ただ おも
正しいと思います。
ta.da.shi.i.to./o.mo.i.ma.su.
我覺得是正確的。

個人生活篇

問候篇

食衣住行篇

娛樂篇

場合篇

文化環境篇

【還可以這麼表達】

そう思う？
so.u./o.mo.u.
你這麼認為嗎？

さあ、どうかな。
sa.a./do.u.ka.na.
不知道，說不準。

残念ですが、そうは思いません。
za.n.ne.n./de.su.ga./so.u.wa./o.mo.i.ma.se.n.
不好意思，我不這麼認為。

私は違う意見を持っています。
wa.ta.shi.wa./chi.ga.u./i.ke.n.o./mo.tte./i.ma.su.
我有不同的意見。

そうとは言い切れません。
so.u.to.wa./i.i.ki.re.ma.se.n.
不能那麼斷定。

私はその意見に反対です。
wa.ta.shi.wa./so.no.i.ke.n.ni./ha.n.ta.i./de.su.
我反對那個意見。

表達不滿

【對話練習】

A：音楽がすごくうるさいんですけど。
o.n.ga.ku.ga./su.go.ku./u.ru.sa.i.n./de.su.
ke.do.
音樂聲非常地吵啊。

B：すみません。小さくします。
su.mi.ma.se.n./chi.i.sa.ku./shi.ma.su.
對不起，我把音量降低。

A：ケンカ売ってるの？
ke.n.ka./u.tte.ru.no.
你這是想吵架嗎？

B：そんなつもりじゃなかったさ。
so.n.na./tsu.mo.ri./ja.na.ka.tta.sa.
我不是那個意思。

A：よくも俺にそんなことが言えるな？
yo.ku.mo./o.re.ni./so.n.na./ko.to.ga./i.e.ru.
na.
你好大的膽敢對我說這種話？

B：はあ、こっちのセリフだよ。
ha.a./ko.cchi.no./se.ri.fu.da.yo.
什麼，我才想說你呢。

【還可以這麼表達】

苦情を申し上げざるを得えません。
ku.jo.u.o./mo.u.shi.a.ge.za.ru.o./e.ma.se.n.
不得不向你抱怨。

こちらのサービスにはとても残念です。
ko.chi.ra.no./sa.a.bi.su.ni.wa./to.te.mo./za.n.ne.n./de.su.
這裡的待客之道令人失望。

何か文句ありますか？
na.ni.ka./mo.n.ku./a.ri.ma.su.ka.
有什麼不滿嗎？

態度が悪いよ。
ta.i.do.ga./wa.ru.i.yo.
態度很差啊。

失礼な振る舞いはやめて。
shi.tsu.re.i.na./fu.ru.ma.i.wa./ya.me.te.
不要做這麼沒禮貌的舉動。

そんなの言い訳にならないよ。
so.n.na.no./i.i.wa.ke.ni./na.ra.na.i.yo.
那不是好藉口喔。

【還可以這麼表達】

忙しいんだから、ふざけないで。
i.so.ga.shi.i.n./da.ka.ra./fu.za.ke.na.i.de.
我很忙，別鬧了。

バカなまねはよして。
ba.ka.na./ma.ne.wa./yo.shi.te.
別做無聊的蠢事了。

あなたには関係ないよ。
a.na.ta.ni.wa./ka.n.ke.i./na.i.yo.
不干你的事。

しつこいな。
shi.tsu.ko.i.na.
很煩耶。

納得できないな。
na.tto.ku./de.ki.na.i.na.
無法接受啊。

バカにするな。
ba.ka.ni./su.ru.na.
別把人當傻子。

絕無冷場

專為聊天

準備的

日語會話

Q & A

問候篇

見面問候

【對話練習】

A：おはようございます。
o.ha.yo.u./go.za.i.ma.su.
早安。

B：おはようございます。今日早かったですね。
o.ha.yo.u./go.za.i.ma.su./kyo.u./ha.ya.ka.tta./de.su.ne.
早安。今天可真早呢。

A：ええ、今朝会議があるので。
e.e./ke.sa./ka.i.gi.ga./a.ru./no.de.
是啊，因為今早要開會。

A：おかえりなさい。
o.ka.e.ri.na.sa.i.
歡迎回來。

B：ただいま。しばらくぶりですね。
ta.da.i.ma./shi.ba.ra.ku.bu.ri./de.su.ne.
我回來了。有一陣子沒見了呢。

A：ドイツはどうでしたか？
do.i.tsu.wa./do.u.de.shi.ta.ka.
德國怎麼樣？

【還可以這麼開頭】

こんにちは。
ko.n.ni.chi.wa.
你好。

こんばんは。
ko.n.ba.n.wa.
晚上好。

お元気ですか？
o.ge.n.ki./de.su.ka.
過得好嗎？

ずいぶん久しぶりですね。
zu.i.bu.n./hi.sa.shi.bu.ri./de.su.ne.
好久不見了。

ご無沙汰しております。
go.bu.sa.ta.shi.te./o.ri.ma.su.
好久不見了。

また会いましたね。
ma.ta./a.i.ma.shi.ta.ne.
又見面了。

【還可以這麼回答】

最近<ruby>さいきん</ruby>どうですか？
sa.i.ki.n./do.u.de.su.ka.
最近怎麼樣？

全然<ruby>ぜんぜんか</ruby>変わらないですね。
ze.n.ze.n./ka.wa.ra.na.i./de.su.ne.
完全沒變呢。

ここで<ruby>あ</ruby>会えるなんてびっくりしました。
ko.ko.de./a.e.ru./na.n.te./bi.kku.ri./shi.ma.shi.ta.
沒想到能在這裡碰面，嚇了一跳。

これからは連絡<ruby>れんらく</ruby>を取<ruby>と</ruby>り合<ruby>あ</ruby>おうよ。
ko.re.ka.ra.wa./re.n.ra.ku.o./to.ri.a.o.u.yo.
今後也要保持聯絡喔。

おかげさまで元気<ruby>げんき</ruby>です。
o.ka.ge.sa.ma.de./ge.n.ki./de.su.
託你的福過得很好。

元気<ruby>げんき</ruby>そうですね。
ge.n.ki.so.u./de.su.ne.
看起來精神很好呢。

個人生活篇

問候篇

食衣住行篇

娛樂篇

場合篇

文化導覽篇

71

道別

【對話練習】

A：明日の飛行機で帰国します。
あした　　ひこうき　　きこく
a.shi.ta.no./hi.ko.u.ki.de./ki.ko.ku.shi.ma.su.
我要搭明天的飛機回國。

B：いろいろお世話になりました。ど
　　　　　　　せ わ
うぞお気をつけて。
　　　　き
i.ro.i.ro./o.se.wa.ni./na.ri.ma.shi.ta./do.u.zo./
o.ki.o./tsu.ke.te.
這段期間受你各種照顧了。路上小心。

A：5時に迎えに来る。
　　じ　む か　く
go.ji.ni./mu.ka.e.ni./ku.ru.
5點來接你。

B：了解、じゃあ、また後で。
りょうかい　　　　　　あと
ryo.u.ka.i./ja.a./ma.ta./a.to.de.
好，那晚點見。

A：楽しんできてね。
　たの
ta.no.shi.n.de./ki.te.ne.
玩得開心喔。

【還可以這麼表達】

それじゃあ、また。
so.re.ja.a./ma.ta.
那麼，再見。

またいつか会いましょうね。
ma.ta./i.tsu.ka./a.i.ma.sho.u.ne.
有機會要再碰面喔。

これで失礼します。
ko.re.de./shi.tsu.re.i.shi.ma.su.
那麼我告辭了。

お疲れ様でした。おやすみなさい。
o.tsu.ka.re.sa.ma.de.shi.ta./o.ya.su.mi.na.sa.i.
辛苦了。晚安。

じゃあ、また今度ね。
ja.a./ma.ta./ko.n.do.ne.
那麼，下次見。

それじゃ、また後ほど。
so.re.ja./ma.ta./no.chi.ho.do.
那麼，待會兒見。

【還可以這麼表達】

またね。
ma.ta.ne.
再見。

<ruby>遅<rt>おく</rt></ruby>れないようにね。
o.ku.re.na.i./yo.u.ni.ne.
不要遲到囉。

またいつか<ruby>会<rt>あ</rt></ruby>えるといいですね。
ma.ta./i.tsu.ka./a.e.ru.to./i.i./de.su.ne.
要是能再見面就好了。

また<ruby>遊<rt>あそ</rt></ruby>びに<ruby>来<rt>き</rt></ruby>てね。
ma.ta./a.so.bi.ni./ki.te.ne.
再來玩唷。

<ruby>元気<rt>げんき</rt></ruby>でね。
ge.n.ki.de.ne.
保重身體喔。

ご<ruby>家族<rt>かぞく</rt></ruby>によろしくお<ruby>伝<rt>つた</rt></ruby>えください。
go.ka.zo.ku.ni./yo.ro.shi.ku./o.tsu.ta.e./ku.da.sa.i.
代我問候你的家人。

初次見面

【對話練習】

A：はじめまして、王です。
ha.ji.me.ma.shi.te./o.u./de.su.
你好，初次見面，我姓王。

B：はじめまして、鈴木です。お会い
できて光栄です。
ha.ji.me.ma.shi.te./su.zu.ki./de.su./o.a.i./de.
ki.te./ko.u.e.i./de.su.
你好，我是鈴木。很高興認識你。

A：こちらこそ、お会いできて嬉しい
です。
ko.chi.ra.ko.so./o.a.i./de.ki.te./u.re.shi.i./
de.su.
彼此彼此，我也很高興能見面。

A：以前に、お会いしませんでした？
i.ze.n.ni./o.a.i./shi.ma.se.n./de.shi.ta.
我們以前是不是見過面？

B：ええ、駅前の料理教室だと思いま
すけど。
e.e./e.ki.ma.e.no./ryo.u.ri.kyo.u.shi.tsu.da.
to./o.mo.i.ma.su./ke.do.
是的，應該是車站前的烹飪教室。

個人生活篇

問候篇

食衣住行篇

娛樂篇

場合篇

文化環境篇

75

【還可以這麼開頭】

はじめまして、リーと申します。
ha.ji.me.ma.shi.te./ri.i.to./mo.u.shi.ma.su.
初次見面，我姓李。

ご紹介させてください。
go.sho.u.ka.i.sa.se.te./ku.da.sa.i.
請容我介紹。

どうもはじめまして。
do.u.mo./ha.ji.me.ma.shi.te.
你好，初次見面。

こちらは初めてですか？
ko.chi.ra.wa./ha.ji.me.te./de.su.ka.
和這位是初次見面嗎？

どうぞよろしくお願いします。
do.u.zo./yo.ro.shi.ku./o.ne.ga.i./shi.ma.su.
請多多指教。

これからもよろしくお願いします。
ko.re.ka.ra.mo./yo.ro.shi.ku./o.ne.ga.i./shi.ma.su.
今後也請多多指教。

【還可以這麼回答】

お目にかかれて嬉しいです。
o.me.ni./ka.ka.re.te./u.re.shi.i./de.su.
很高興能見面。

前からお会いしたいと思っていました。
ma.e./ka.ra./o.a.i./shi.ta.i.to./o.mo.tte./i.ma.shi.
ta.
從以前就想認識。

どこでお会いしてましたっけ？
do.ko.de./o.a.i./shi.te./ma.shi.ta.kke.
我們在哪裡遇過嗎？

お目にかかるのを楽しみにしていました。
o.me.ni./ka.ka.ru.no.o./ta.no.shi.mi.ni./shi.te./
i.ma.shi.ta.
一直期待能見面。

お目にかかったような気がします。
o.me.ni./ka.ka.tta./yo.u.na./ki.ga./shi.ma.su.
感覺曾經見過。

初めてお会いすると思いますが。
ha.ji.me.te./o.a.i./su.ru.to./o.mo.i.ma.su.ga.
我們應該是初次見面吧。

77

閒聊

【對話練習】

A：そういえば、このお店、すぐ分か
りましたか？

so.u.i.e.ba./ko.no./o.mi.se./su.gu.wa.ka.ri.ma.
shi.ta.ka.

對了，你馬上就找到這家店了嗎？

B：ええ、すぐ分かりましたよ。なか
なかいいお店ですね。

e.e./su.gu./wa.ka.ri.ma.shi.ta.yo./na.ka.na.ka.
i.i./o.mi.se./de.su.ne.

嗯，馬上就找到了，是間不錯的店呢。

A：あの…どうして鈴木さんと知り合
いになったのですか？

a.no./do.u.shi.te./su.zu.ki.sa.n.to./shi.ri.a.i.ni.
na.tta.no./de.su.ka.

那個…你怎麼認識鈴木先生的呢？

B：鈴木とは高校の同級生です。

su.uz.ki.to.wa./ko.u.ko.u.no./do.u.kyu.u.se.i./
de.su.

我和鈴木是高中同學。

【還可以這麼開頭】

ね、知って<ruby>知<rt>し</rt></ruby>ってる？
ne./shi.tte.ru.
喂，你知道嗎？

ちょっと、<ruby>聞<rt>き</rt></ruby>いてよ。
cho.tto./ki.i.te.yo.
等等，你聽我說。

<ruby>話<rt>はな</rt></ruby>したいことがあるんですが…。
ha.na.shi.ta.i./ko.to.ga./a.ru.n./de.su.ga.
我有話要告訴你…。

<ruby>言<rt>い</rt></ruby>いにくいですけど…。
i.i.ni./ku.i./de.su.ke.do.
有點難以啟齒…。

<ruby>話<rt>はなし</rt></ruby>は<ruby>変<rt>か</rt></ruby>わりますけど…。
ha.na.shi.wa./ka.wa.ri.ma.su./ke.do.
我換個話題…。

それはさておき…。
so.re.wa./sa.te.o.ki.
先別說那個…。

【還可以這麼回答】

えっ、何ですか？
e./na.n./de.su.ka.
嗯？什麼事？

もう一度お願いします。
mo.u./i.chi.do./o.ne.ga.i./shi.ma.su.
再一次。/ 請再說一次。

よく分かりませんけど。
yo.ku./wa.ka.ri.ma.se.n./ke.do.
我也不太清楚。

どういう意味ですか？
do.u.i.u./i.mi./de.su.ka.
什麼意思？

そのとおりです。
so.no./to.o.ri./de.su.
所言甚是。

なるほどね。
na.ru.ho.do.ne.
原來如此。

介紹

【對話練習】

A：こちらは部長の田中さんです。
ko.chi.ra.wa./bu.cho.u.no./ta.na.ka.sa.n./
de.su.
這是田中部長。

田中さん、こちらは妻のエリです。
ta.na.ka.sa.n./ko.chi.ra.wa./tsu.ma.no./e.ri./
de.su.
田中部長，這位是我的妻子繪里。

B：妻のエリです。主人がいつもお
世話になっております。
tsu.ma.no./e.ri./de.su./shu.ji.n.ga./i.tsu.mo./
o.se.wa.ni./na.tte./o.ri.ma.su.
我是他的妻子繪里，先生一直受您照顧了。

A：2人はもう会った？
fu.ta.ri.wa./mo.u./a.tta.
2個人見過面嗎？

B：いや、まだ。
i.ya./ma.da.
不，還沒。

81

【還可以這麼表達】

私の同僚の田中くんを紹介させてください。
wa.ta.shi.no./do.u.ryo.u.no./ta.na.ka.ku.n.o./sho.u.ka.i.sa.se.te./ku.da.sa.i.
由我來介紹同事田中。

私の上司の鈴木をご紹介いたします。
wa.ta.shi.no./jo.u.shi.no./su.zu.ki.o./go.sho.u.ka.i.i.ta.shi.ma.su.
容我介紹上司鈴木先生。

あなたに紹介したい人がいるんだ。
a.na.ta.ni./sho.u.ka.i.shi.ta.i./hi.to.ga./i.ru.n.da.
有個人想介紹給你。

弟の健二を紹介します。
o.to.u.to.no./ke.n.ji.o./sho.u.ka.i.shi.ma.su.
為你介紹我的弟弟健二。

先輩の田中さんをずっと前から紹介したかったです。
se.n.pa.i.no./ta.na.ka.sa.n.o./zu.tto./me.e./ka.ra./sho.u.ka.i.shi.ta.ka.tta./de.su.
很久以前就想介紹前輩田中先生給你認識。

【還可以這麼表達】

鈴木先生にご紹介いたしましょうか？
su.zu.ki.se.n.se.i.ni./go.sho.u.ka.i.i.ta.shi.ma.sho.u.ka.
我介紹鈴木老師給你認識吧？

あなたを皆さんに紹介させてください。
a.na.ta.o./mi.na.sa.n.ni./sho.u.ka.i.sa.se.te./ku.da.sa.i.
讓我向大家介紹你。

鈴木さんを皆さんに紹介させていただいてもよろしいですか？
su.zu.ki.sa.n.o./mi.na.sa.n.ni./sho.u.ka.i.sa.se.te./i.ta.da.i.te.mo./yo.ro.shi.i./de.su.ka.
我向大家介紹鈴木先生好嗎？

田中先生に紹介してください。
ta.na.ka.se.n.se.i.ni./sho.u.ka.shi.te./ku.da.sa.i.
請幫我引見田中老師。

うちの社長にここを紹介されました。
u.chi.no./sha.cho.u.ni./ko.ko.o./sho.u.ka.i.sa.re.ma.shi.ta.
我的老闆介紹我來這裡。

邀約

【對話練習】

A：今夜カラオケに行くのはどう？
ko.n.ya./ka.ra.o.ke.ni./i.ku.no.wa./do.u.
今天要不要去卡拉OK？

B：ごめん、今夜は行けないんだ。
go.me.n./ko.n.ya.wa./i.ke.na.i.n.da.
對不起，我今天不能去。

A：どうして？
do.u.shi.te.
為什麼？

B：仕事の遅れを取り戻さないと。
shi.go.to.no./o.ku.re.o./to.ri.mo.do.sa.na.i.to.
因為要趕上工作的進度。

A：そっか、じゃあ、お仕事頑張って。
so.kka./ja.a./o.shi.go.to./ga.n.ba.tte.
這樣啊，那工作加油。

B：ありがとう。次また誘ってね。
a.ri.ga.to.u./tsu.gi./ma.ta./sa.so.tte.ne.
謝謝。下次再約我喔。

【還可以這麼開頭】

お時間があれば、飲みに行きませんか？
o.ji.ka.n.ga./a.re.ba./no.mi.ni./i.ki.ma.se.n.ka.
有時間的話，要不要去喝一杯？

もし忙しくなければ、サッカーしに行きませんか？
mo.shi./i.so.ga.shi.ku.na.ke.re.ba./sa.kka.a.shi.ni./i.ki.ma.se.n.ka.
要是不忙的話，要不要去踢足球？

よかったら、来週末に会いませんか？
yo.ka.tta.ra./ra.i.shu.u.ma.tsu.ni./a.i.ma.se.n.ka.
可以的話，下週末要不要見個面？

週末の予定はいかがですか？もし興味があればカラオケに行きませんか？
shu.u.ma.tsu.no./yo.te.i.wa./i.ka.ga./de.su.ka./mo.shi./kyo.u.mi.ga./a.re.ba./ka.ra.o.ke.ni./i.ki.ma.se.n.ka.
週末有空嗎？有興趣去卡拉 OK 嗎？

明日のお茶会、あなたも参加しませんか？
a.shi.ta.no./o.cha.ka.i./a.na.ta.mo./sa.n.ka.shi.ma.se.n.ka.
明天約喝茶，你要不要參加？

個入牛手篇

問候篇

上衣作行篇

娛樂篇

場心篇

文作環境篇

【還可以這麼回答】

<ruby>誘<rt>さそ</rt></ruby>ってくれてありがとう。
sa.so.tte./ku.re.te./a.ri.ga.to.u.
謝謝你約我。

<ruby>少<rt>すこ</rt></ruby>し<ruby>考<rt>かんが</rt></ruby>えさせてください。
su.ko.shi./ka.n.ga.e.sa.se.te./ku.da.sa.i.
讓我考慮一下。

<ruby>用事<rt>ようじ</rt></ruby>があって<ruby>残念<rt>ざんねん</rt></ruby>ながら<ruby>参加<rt>さんか</rt></ruby>できません。
yo.u.ji.ga./a.tte./za.n.ne.n./na.ga.ra./sa.n.ka./de.
ki.ma.se.n.
可惜有事不能參加。

いいですね。<ruby>何時<rt>なんじ</rt></ruby>がいいですか？
i.i./de.su.ne./na.n.ji.ga./i.i./de.su.ka.
好啊，約幾點好呢？

10<ruby>時<rt>じゅうじ</rt></ruby>に<ruby>会<rt>あ</rt></ruby>いましょう。いかがですか？
ju.u.ji.ni./a.i.ma.sho.u./i.ka.ga./de.su.ka.
10 點碰面。怎麼樣？

どこで<ruby>会<rt>あ</rt></ruby>うのが<ruby>都合<rt>つごう</rt></ruby>がよろしいでしょうか？
do.ko.de./a.u.no.ga./tsu.go.u.ga./yo.ro.shi.i./
de.sho.u.ka.
方便約哪裡見面呢？

問近況

【對話練習】

A：年末年始はどうやって過ごしました
たか？

ne.n.ma.tsu.ne.n.shi.wa./do.u.ya.tte./su.go.
shi.ma.shi.ta.ka.

新年是怎麼過的呢？

B：家族とスイスへ旅行しました。

ka.zo.ku.to./su.i.su.e./ryo.ko.u.shi.ma.shi.ta.

我和家人去了瑞士旅行。

A：どうでしたか？きっと寒かったん
でしょうね。

do.u./de.shi.ta.ka./ki.tto./sa.mu.ka.tta.n./
de.sho.u.ne.

怎麼樣？一定很冷吧。

B：寒かったです。でも景色がとても

きれいでした。

sa.mu.ka.tta./de.su./de.mo./ke.shi.ki.ga./
to.te.mo./ki.re.i./de.shi.ta.

很冷，不過景色非常美麗。

A：いいですね。

i.i./de.su.ne.de.su.ne.

真好。

問候篇

【還可以這麼開頭】

休み中は何をしてましたか？
ya.su.mi.chu.u.wa./na.ni.o./shi.te./ma.shi.ta.ka.
休息時都做些什麼？

最近体調はどうですか？
sa.i.ki.n./ta.i.cho.u.wa./do.u./de.su.ka.
最近身體怎麼樣？

仕事の方はいかがですか？
shi.go.to.no./ho.u.wa./i.ka.ga./de.su.ka.
工作的狀況怎麼樣？

ご家族のみなさんはお元気ですか？
go.ka.zo.ku.no./mi.na.sa.n.wa./o.ge.n.ki./de.su.ka.
家人都還好嗎？

新しい学校は今のところどうですか？
a.ta.ra.shi.i./ga.kko.u.wa./i.ma.no./to.ko.ro./
do.u./de.su.ka.
目前在新的學校感覺怎麼樣？

何かありましたか？
na.ni.ka./a.ri.ma.shi.ta.ka.
發生什麼事了？

【還可以這麼回答】

ずっと家にいました。
zu.tto./i.e.ni./i.ma.shi.ta.
一直待在家裡。

おかげさまで順調です。
o.ka.ge.sa.ma.de./ju.n.cho.u./de.su.
託您的福很順利。

みんな元気です。
mi.n.na./ge.n.ki./de.su.
大家都很好。

今のところは問題ないです。
i.ma.no./to.ko.ro.wa./mo.n.da.i./na.i./de.su.
目前沒問題。

まあまあです。
ma.a.ma.a./de.su.
尚可。

なんでもないです。
na.n.de.mo./na.i./de.su.
沒事。

絕無冷場

專為聊天準備的日語會話 Q&A

食衣住行篇

交通

【對話練習】

A：空港からホテルまではどうやって
　　行きますか？
ku.u.ko.u./ka.ra./ho.te.ru./ma.de.wa./
do.u.ya.tte./i.ki.ma.su.ka.
從機場要怎麼到酒店？

B：お調べしますので、少々お待ちく
　　ださい。
o.shi.ra.be.shi.ma.su./no.de./sho.u.sho.u./
o.ma.chi./ku.da.sa.i.
為您查詢，請稍待。

A：迎えに来ていただくことは可能で
　　すか？
mu.ka.e.ni./ki.te./i.ta.da.ku./ko.to.wa./ka.no.
u./de.su.ka.
可以請你來接我嗎？

B：もちろんです。何時に伺えばいい
　　ですか？
mo.chi.ro.n./de.su./na.n.ji.ni./u.ka.ga.e.ba./
i.i./de.su.ka.
當然。幾點到好呢？

91

【還可以這麼開頭】

道は混んでいましたか？
mi.chi.wa./ko.n.de./i.ma.shi.ta.ka.
路上壅塞嗎？

このバスは美術館に行きますか？
ko.no./ba.su.wa./bi.ju.tsu.ka.n.ni./i.ki.ma.su.ka.
這台公車會到美術館嗎？

どこで車を借りられますか？
do.ko.de./ku.ru.ma.o./ka.ri.ra.re.ma.su.ka.
可以在哪裡租車？

どこでタクシーを拾えますか？
do.ko.de./ta.ku.shi.i.o./hi.ro.e.ma.su.ka.
哪裡能搭計程車？

タクシーで行く以外に、他の方法はありますか？
ta.ku.shi.i.de./i.ku./i.ga.i.ni./ho.ka.no./ho.u.ho.u.wa./a.ri.ma.su.ka.
除了坐計程車之外，還有其他方法嗎？

電車はどのくらいの間隔で来ますか？
de.n.sha.wa./do.no.ku.ra.i.no./ka.n.ka.ku.de./ki.ma.su.ka.
電車多久一班？

【還可以這麼回答】

じゅうたい はじ まえ しゅっぱつ
渋滞が始まる前に出発しないと。
ju.u.ta.i.ga./ha.ji.ma.ru./ma.e.ni./shu.ppa.tsu.shi.
na.i.to.
一定要在開始塞車前出發。

うんちん
運賃はいくらですか？
u.n.chi.n.wa./i.ku.ra./de.su.ka.
車資多少錢？

でんしゃ い はや おも
電車で行ったほうが早いと思います。
de.n.sha.de./i.tta./ho.u.ga./ha.ya.i.to./o.mo.i.ma.
su.
我覺得坐電車去比較快。

ある
歩いていけます。
a.ru.i.te./i.ke.ma.su.
走路就能到。

えびすえき の か
恵比寿駅で乗り換えてください。
e.bi.su.e.ki.de./no.ri.ka.e.te./ku.da.sa.i.
請在惠比壽站轉乘。

いそ さいたん い
急いでいるので、最短ルートで行っていた
だけますか？
i.so.i.de./i.ru./no.de./sa.i.ta.n.ru.u.to.de./i.tte./
i.ta.da.ke.ma.su.ka.
我趕時間，可以請你走最近的路線嗎？

食
衣
住
行
篇

93

問路

【對話練習】

A：道に迷っちゃったみたいなんです。
mi.chi.ni./ma.yo.ccha.tta./mi.ta.i./na.n./de.su.
我好像迷路了。

B：どこに行きたいですか？
do.ko.ni./i.ki.ta.i./de.su.ka.
你想去哪裡？

A：道案内は田中さんにお願いします。
mi.chi.a.n.na.i.wa./ta.na.ka.sa.n.ni./o.ne.ga.i.shi.ma.su.
請田中小姐帶路。

B：任せてください。
ma.ka.se.te./ku.da.sa.i.
交給我吧。

A：何かお困りですか？
na.ni.ka./o.ko.ma.ri./de.su.ka.
有什麼問題嗎？

B：六本木駅に行きたいのですが。
ro.ppo.n.gi.e.ki.ni./i.ki.ta.i.no./de.su.ga.
我想去六本木車站。

【還可以這麼開頭】

博物館への道を教えていただけますか？
ha.ku.bu.tsu.ka.n.e.no./mi.chi.o./o.shi.e.te./i.ta.da.ke.ma.su.ka.
能請告訴我怎麼去博物館嗎？

この住所までどうやって行けますか？
ko.no./ju.u.sho./ma.de./do.u.ya.tte./i.ke.ma.su.ka.
要怎麼到這個地址？

駅には、この道でいいんですか？
e.ki.ni.wa./ko.no.mi.chi.de./i.i.n./de.su.ka.
這條路是往車站對嗎？

歩くのには遠すぎますか？
a.ru.ku.no./ni.wa./to.o.su.gi.ma.su.ka.
走路去會很遠嗎？

この通りは、何と言う名前ですか？
ko.no./to.o.ri.wa./na.n.to.i.u./na.ma.e./de.su.ka.
這條路是什麼路？

道に迷っていますか？
mi.chi.ni./ma.yo.tte./i.ma.su.ka.
迷路了嗎？

【還可以這麼回答】

すぐそこです。
su.gu./so.ko./de.su.
就在那裡。

ちょっと分（わ）からないのですが、調（しら）べてみますね。
cho.tto./wa.ka.ra.na.i.no./de.su.ga./shi.ra.be.te./mi.ma.su.ne.
我不太清楚，我查一下。

ここの人間（にんげん）じゃないので、ちょっと分（わ）からないです。
ko.ko.no./ni.n.ge.n./ja.na.i./no.de./cho.tto./wa.ka.ra.na.i./de.su.
我不是這裡的人，所以不太清楚。

ごめんなさい。他（ほか）の人（ひと）に聞（き）いてみてください。
go.me.n.na.sa.i./ho.ka.no./hi.to.ni./ki.i.te./mi.te./ku.da.sa.i.
對不起，請問其他人。

一緒（いっしょ）に行（い）ったほうが分（わ）かりやすいので、そこまでご案内（あんない）します。
i.ssho.ni./i.tta./ho.u.ga./wa.ka.ri.ya.su.i./no.de./so.ko.ma.de./go.a.n.na.i.shi.ma.su.
我帶你去那裡，一起去比較好找。

購物

【對話練習】

A：いらっしゃいませ。何かお探しで
　　すか？
　　i.ra.ssha.i.ma.se./na.ni.ka./o.sa.ga.shi./de.su.
　　ka.
　　歡迎光臨。請問要找什麼嗎？

B：手袋がほしいんですが。
　　te.bu.ku.ro.ga./ho.shi.i.n./de.su.ga.
　　我想找手套。

A：こちらにございます。
　　ko.chi.ra.ni./go.za.i.ma.su.
　　在這裡。

B：これ、つけてみていいですか？
　　ko.re./tsu.ke.te./mi.te./i.i./de.su.ka.
　　這個，可以試戴看看嗎？

A：どうぞ。
　　do.u.zo.
　　請。

B：ちょっと大きすぎるようです。
　　cho.tto./o.o.ki.su.gi.ru./yo.u./de.su.
　　嗯...好像有點太大了。

食衣住行篇

97

【還可以這麼開頭】

あのショーケースにあるものがほしいの
ですが。
a.no./sho.o.ke.e.su.ni./a.ru./mo.no.ga./ho.shi.
i.no./de.su.ga.
我想要那個展示櫃的東西。

こういうのありますか？
ko.u.i.u.no./a.ri.ma.su.ka.
(拿東西給店員看) 有這種嗎？

炊飯器を探しています。
su.i.ha.n.ki.o./sa.ga.shi.te./i.ma.su.
我在找電子鍋。

試着してよろしいですか？
shi.cha.ku.shi.te./yo.ro.shi.i./de.su.ka.
可以試穿嗎？

サイズはおいくつですか？
sa.i.zu.wa./o.i.ku.tsu./de.su.ka.
尺寸是幾號？

これはいかがでしょうか？
ko.re.wa./i.ka.ga./de.sho.u.ka.
這個怎麼樣？

【還可以這麼回答】

申し訳ございません。それは取り扱って
おりません。
mo.u.shi.wa.ke./go.za.i.ma.se.n./so.re.wa./to.ri.
a.tsu.ka.tte./o.ri.ma.se.n.
很抱歉，我們沒販售那樣商品。

只今在庫切れです。
ta.da.i.ma./za.i.ko.gi.re./de.su.
剛好賣完了。

ちょっと見ているだけです。
cho.tto./mi.te./i.ru./da.ke./de.su.
只是看看。

他の色はありますか？
ho.ka.no./i.ro.wa./a.ri.ma.su.ka.
有其他顏色嗎？

残念ですが、またにします
za.n.ne.n./de.su.ga./ma.ta.ni./shi.ma.su.
真可惜，我下次再來。

じゃあ、これにします。
ja.a./ko.re.ni./shi.ma.su.
那麼我要這個。

食衣住行篇

99

打折

【對話練習】

A：２つ買ったら、１割引にしてもら
　えますか？

fu.ta.tsu./ka.tta.ra./i.chi.wa.ri.bi.ki.ni./shi.
te./mo.ra.e.ma.su.ka.

買２個的話，可以打９折嗎？

B：それはちょっと…。

so.re.wa./cho.tto.

那有點困難。

A：もうちょっと安くなりませんか？

mo.u./cho.tto./ya.su.ku./na.ri.ma.se.n.ka.

可以再便宜一點嗎？

B：これ以上お安くできないんです。

ko.re.i.jo.u./o.ya.su.ku./de.ki.na.i.n./de.su.

不能再便宜了。

A：今なら、お安くできます。

i.ma.na.ra./o.ya.su.ku./de.ki.ma.su.

現在的話，可以便宜一點。

B：いくらぐらいになりますか？

i.ku.ra./gu.ra.i.ni./na.ri.ma.su.ka.

大約是多少錢呢？

【還可以這麼開頭】

すこ ねび
少し値引きしてくれませんか？
su.ko.shi./ne.bi.ki.shi.te./ku.re.ma.se.n.ka.
可以算便宜點嗎？

バーゲンセールはいつからですか？
ba.a.ge.n.se.e.ru.wa./i.tsu./ka.ra./de.su.ka.
特賣會從什麼時候開始呢？

ねび
値引きしていただけますか？
ne.bi.ki.shi.te./i.ta.da.ke.ma.su.ka.
可以打折嗎？

たか
ちょっと高すぎます。
cho.tto./ta.ka.su.gi.ma.su.
有點太貴了。

わたし よさん
私の予算をオーバーしています。
wa.ta.shi.no./yo.sa.no./o.o.ba.a./shi.te./i.ma.su.
超出我的預算。

に わりび か
２割引きなら買うよ。
ni.wa.ri.bi.ki./na.ra./ka.u.yo.
打 8 折的話我就買。

個人生活篇

問候篇

食衣住行篇

娛樂篇

場合篇

文化環境篇

【還可以這麼回答】

こちらは既に値引きして販売しています。
ko.chi.ra.wa./su.de.ni./ne.bi.ki.shi.te./ha.n.ba.i.shi.
te./i.ma.su.
這項商品售價已經打折了。

少しなら安くできますよ。
su.ko.shi./na.ra./ya.su.ku./de.ki.ma.su.yo.
可以算便宜一點點喔。

こちらの商品は手頃な値段です。
ko.chi.ra.no./sho.u.hi.n.wa./te.go.ro.na./ne.da.n./
de.su.
這邊的商品價格很合理。

年末なら、安く買えます。
ne.n.ma.tsu./na.ra./ya.su.ku./ka.e.ma.su.
年末的話可以便宜買到。

購入者にはもれなくお試しセットをおま
けで差し上げます。
ko.u.nyu.u.sha./ni.wa./mo.re.na.ku./o.ta.me.shi.
se.tto.o./o.ma.ke.de./sa.shi.a.ge.ma.su.
只要購買的都會贈送試用包。

結帳

【對話練習】

A：合計 12000 円です。
go.u.ke.i./i.chi.ma.n.ni.se.n.e.n./de.su.
總共是 12000 圓。

B：クレジットカードで支払えますか？
ku.re.ji.tto.ka.a.do.de./shi.ha.ra.e.ma.su.ka.
可以用信用卡付嗎？

A：どこのカードですか？
do.ko.no./ka.a.do./de.su.ka.
是哪一種卡？

B：マスターカードです。
ma.su.ta.a.ka.a.do./de.su.
萬事達卡。

A：はい、承ります。お支払いは一括でよろしいですか？
ha.i./u.ke.ta.ma.wa.ri.ma.su./o.shi.ha.ra.i.wa.i.kka.tsu.de./yo.ro.shi.i./de.su.ka.
可以的，我們接受。一次付清嗎？

B：はい、お願いします。
ha.i./o.ne.ga.i.shi.ma.su.
是的，麻煩你。

【還可以這麼開頭】

お会計をお願いします。
o.ka.i.ke.i.o./o.ne.ga.i.shi.ma.su.
麻煩結帳。

どのようにお支払なさいますか？
do.no.yo.u.ni./o.shi.ha.ra.i./na.sa.i.ma.su.ka.
要怎麼付款？

ご一緒で、それとも別々にしますか？
go.i.ssho.de./so.re.to.mo./be.tsu.be.tsu.ni./shi.
ma.su.ka.
要一起，還是分開？

ご自宅用ですか？
go.ji.ta.ku.yo.u./de.su.ka.
是自用嗎？（問商品是自用還送禮）

ラッピングしますか？
ra.ppi.n.gu./shi.ma.su.ka.
需要包裝嗎？

ここでは免税できますか？
ko.ko.de.wa./me.n.ze.i./de.ki.ma.su.ka.
這裡可以免稅嗎？

【還可以這麼回答】

現金で支払います。
ge.n.ki.n.de./shi.ha.ra.i.ma.su.
付現金。

お勘定が間違っていると思いますが。
o.ka.n.jo.u.ga./ma.chi.ga.tte./i.ru.to./o.mo.i.ma.su.ga.
結帳金額好像算錯了。

お釣りが間違っていると思いますが。
o.tsu.ri.ga./ma.chi.ga.tte./i.ru.to./o.mo.i.ma.su.ga.
找錢的金額好像不太對。

お勘定は別々でお願いします。
o.ka.n.jo.u.wa./be.tsu.be.tsu.de./o.ne.ga.i./shi.ma.su.
麻煩分開結帳。

この値段は税込みですか？
ko.no./ne.da.n.wa./ze.i.ko.mi./de.su.ka.
這個價錢含稅嗎？

プレゼント用に包んでもらえますか？
pu.re.ze.n.to.yo.u.ni./tsu.tsu.n.de./mo.ra.e.ma.su.ka.
可以幫我包裝嗎？

外食

【對話練習】

A：昨日は結婚記念日でしたから、久
しぶりに外で食事しました。
ki.no.u.wa./ke.kko.n.ki.ne.n.bi./de.shi.ta.ka.
ra./hi.sa.shi.bu.ri.ni./so.to.de./sho.ku.ji.shi.
ma.shi.ta.
昨天是結婚紀念日，久違地去外面吃飯。

B：いいですね。どこのレストランに
行きましたか？
i.i./de.su.ne./do.ko.no./re.su.to.ra.n.ni./i.ki.
ma.shi.ta.ka.
真好，去了哪間餐廳呢？

A：駅前に新しくできたフレンチレス
トランです。
e.ki.ma.e.ni./a.ta.ra.shi.ku./de.ki.ta./fu.re.
n.chi.re.su.to.ra.n./de.su.
車站前新開的法國餐廳。

とてもおいしかったです。
to.te.mo./o.i.shi.ka.tta./de.su.
很好吃。

【還可以這麼表達】

こんや がいしょく
今夜は外食しよう。
ko.n.ya.wa./ga.i.sho.ku.shi.yo.u.
今晚去外面吃吧。

にちようび よる がいしょく
日曜日の夜は外食するのが好きです。
ni.chi.yo.u.bi.no./yo.ru.wa./ga.i.sho.ku.su.ru./no.
ga./su.ki./de.su.
週日晚上喜歡外食。

ひとり がいしょく
1人で外食するのが好きです。
hi.to.ri.de./ga.i.sho.ku.su.ru./no.ga./su.ki./de.su.
喜歡1個人外食。

まいにちがいしょく
ほとんど毎日外食しています
ho.to.n.do./ma.i.ni.chi./ga.i.sho.ku.shi.te./i.ma.su.
幾乎每天都外食。

がいしょく じすい ほう けんこうてき
外食するよりも自炊する方が健康的です。
ga.i.sho.ku.su.ru./yo.ri.mo./ji.su.i.su.ru./ho.u.ga./
ke.n.ko.u.te.ki./de.su.
自己煮比外食健康。

しごと がいしょく つづ
仕事で外食が続いています。
shi.go.to.de./ga.i.sho.ku.ga./tsu.zu.i.te./i.ma.su.
因為工作所以老是外食。

個人生活篇

問候篇

食衣住行篇

娛樂篇

場合篇

文化環境篇

107

【還可以這麼表達】

たまには外食^{がいしょく}しようよ。
ta.ma.ni.wa./ga.i.sho.ku.shi.yo.u.yo.
偶爾也去外面吃嘛。

気分転換^{きぶんてんかん}に外^{そと}で食^たべましょう。
ki.bu.n.te.n.ka.n.ni./so.to.de./ta.be.ma.sho.u.
為了轉換心情去外面吃飯吧。

たまには違^{ちが}うレストランに行^いかない？
ta.ma.ni.wa./chi.ga.u./re.su.to.ra.n.ni./i.ka.na.i.
要不要偶爾去不同的餐廳？

外食^{がいしょく}するの？それとも帰^{かえ}ってきてから食^たべるの？
ga.i.sho.ku.su.ru.no./so.re.to.mo./ka.e.tte./ki.te./ka.ra./ta.be.ru.no.
要在外面吃嗎？還是回來再吃？

今日^{きょう}は友達^{ともだち}とご飯^{はん}を食^たべて帰^{かえ}るよ。
kyo.u.wa./to.mo.da.chi.to./go.ha.no./ta.be.te./ka.e.ru.yo.
今天會和朋友吃飯之後才回來。

今夜^{こんや}は家^{いえ}で食事^{しょくじ}します
ko.n.ya.wa./i.e.de./sho.ku.ji.shi.ma.su.
今晚在家吃。

餐廳

【對話練習】

A：いらっしゃいませ。何名様ですか？
i.ra.ssha.i.ma.se./na.n.me.i.sa.ma./de.su.ka.
歡迎光臨，請問幾位？

B：3名です。
sa.n.me.i./de.su.
3位。

A：禁煙席か、喫煙席のどちらになさいますか？
ki.n.e.n.se.ki.ka./ki.tsu.e.n.se.ki.no./do.chi.ra.ni./na.sa.i.ma.su.ka.
要禁菸席還是吸菸席？

B：禁煙席でお願いします。
ki.n.e.n.se.ki.de./o.ne.ga.i.shi.ma.su.
請給我禁菸席。

A：かしこまりました。こちらのテーブル席でよろしいでしょうか？
ka.shi.ko.ma.ri.ma.shi.ta./ko.chi.ra.no./te.e.bu.ru.se.ki.de./yo.ro.shi.i./de.sho.u.ka.
好的。坐這桌可以嗎？

食衣住行篇

【還可以這麼開頭】

ただ今満席なので、お待ちいただくことになります。
ta.da.i.ma./ma.n.se.ki./na.no.de./o.ma.chi./i.ta.da.ku./ko.to.ni./na.ri.ma.su.
現在沒位子了，要請您稍候。

お決まりになりましたらお呼びください。
o.ki.ma.ri.ni./na.ri.ma.shi.ta.ra./o.yo.bi./ku.da.sa.i.
(點餐)決定好了請叫我。

お決まりになりましたか？
o.ki.ma.ri.ni./na.ri.ma.shi.ta.ka.
決定好(要點什麼)了嗎？

お飲み物は何にしましょうか？
o.no.mi.mo.no.wa./na.ni.ni./shi.ma.sho.u.ka.
要喝什麼飲料？

ご注文は以上でよろしいでしょうか？
go.chu.u.mo.n.wa./i.jo.u.de./yo.ro.shi.i./de.sho.u.ka.
需要的餐點就是以上這些嗎？

お飲み物はいつお持ちしますか？
o.no.mi.mo.no.wa./i.tsu./o.mo.chi.shi.ma.su.ka.
飲料要何時上？

【還可以這麼回答】

カウンターに席はありますか？
ka.u.n.ta.a.ni./se.ki.wa./a.ri.ma.su.ka.
吧檯有位子嗎？

向こうのテーブルに席を替えてもらえま
せんか？
mu.ko.u.no./te.e.bu.ru.ni./se.ki.o./ka.e.te./mo.ra.
e.ma.se.n.ka.
可以幫我換到那張桌子嗎？

これください。
ko.re./ku.da.sa.i.
請給我這個。

おすすめはどの料理ですか？
o.su.su.me.wa./do.no./ryo.u.ri./de.su.ka.
你推薦哪樣料理？

ラストオーダーは何時ですか？
ra.su.to.o.o.da.a.wa./na.n.ji./de.su.ka.
最後點餐是幾點？

飲み物は食事と一緒にお願いします。
no.mi.mo.no.wa./sho.ku.ji.to./i.ssho.ni./o.ne.
ga.i.shi.ma.su.
飲料和餐點一起上。

食衣住行篇

111

聚餐

【對話練習】

A：みんなで食事に行きませんか？
mi.n.na.de./sho.ku.ji.ni./i.ki.ma.se.n.ka.
要不要大家一起去吃飯？

B：いいですね。
i.i.de.su.ne.
好啊。

A：じゃあ、みんなの予定を確認して
おきます。
ja.a./mi.n.na.no.yo.te.i.o./ka.ku.ni.n.shi.te./
o.ki.ma.su.
那麼，我問一下大家的行程。

A：部長、乾杯の音頭をお願いします。
bu.cho.u./ka.n.pa.i.no./o.n.do.o./o.ne.ga.i.shi.
ma.su.
部長，請帶著大家乾杯。

B：ええ。では、今年1年の皆様のご
活躍に、乾杯！
e.e./de.wa./ko.to.shi.i.chi.ne.no./mi.na.sa.ma.
no./go.ka.tsu.ya.ku.ni./ka.n.pa.i.
好的。那麼，為大家1年來的活躍乾杯。

【還可以這麼開頭】

かんげいかい
歓迎会をやりましょうか？
ka.n.ge.i.ka.i.o./ya.ri.ma.sho.u.ka.
來辦迎新會吧？

ひる　はん　　　　た
お昼ご飯はもう食べましたか？
o.hi.ru.go.ha.n.wa./mo.u./ta.be.ma.shi.ta.ka.
已經吃過午餐了嗎？

ことし　しんねんかい
今年の新年会はいつになりますか？
ko.to.shi.no./shi.n.ne.n.ka.i.wa./i.tsu.ni./na.ri.
ma.su.ka.
今年的春酒是在什麼時候？

けっこんしき　あと　　にじかい
結婚式の後に二次会がありますか？
ke.kko.n.shi.ki.no./a.to.ni./ni.ji.ka.i.ga./a.ri.ma.su.
ka.
婚禮後會續攤嗎？

きんようび　　たなか　　　　そうべつかい　ひら
金曜日に田中さんの送別会が開かれます。
ki.n.yo.u.bi.ni./ta.na.ka.sa.n.no./so.u.be.tsu.ka.i.
ga./hi.ra.ka.re.ma.su.
週五有田中先生的歡送會。

こんや　じょしかい
今夜は女子会をしません？
ko.n.ya.wa./jo.shi.ka.i.o./shi.ma.se.n.
今晚要不要辦女生的聚會？

化/人生活篇

再恢篇

食衣住行篇

娛樂篇

場合篇

文化接觸篇

113

【還可以這麼回答】

喜んで参加させていただきます。
yo.ro.ko.n.de./sa.n.ka.sa.se.te./i.ta.da.ki.ma.su.
我很樂意參加。

僕が幹事をやります。
bo.ku.ga./ka.n.ji.o./ya.ri.ma.su.
我來當召集人。

みんなでわいわい騒ぎましょう。
mi.n.na.de./wa.i.wa.i./sa.wa.gi.ma.sho.u.
大家一起狂歡吧。

一次会で帰ろうと思ってます。
i.chi.ka.i.de./ka.e.ro.u.to./o.mo.tte.ma.su.
我打算吃完飯就回去 (不去續攤)。

せっかくだけど、明日は早いんです。
se.kka.ku./da.ke.do./a.shi.ta.wa./ha.ya.i.n./de.su.
雖然很難得，但我明天要早起。

誘ってくれてありがとう。
sa.so.tte./ku.re.te./a.ri.ga.to.u.
謝謝你約我。

滋味

【對話練習】

A：このソースはとてもおいしいわ。
ko.no./so.o.su.wa./to.te.mo./o.i.shi.i.wa.
這個醬汁很美味。

B：エビとうまくマッチしてとてもいい味だね。
e.bi.to./u.ma.ku./ma.cchi.shi.te./to.te.mo./i.i./a.ji./da.ne.
和蝦子很搭，味道很好。

A：お肉も柔らかくておいしい。
o.ni.ku.mo./ya.wa.ra.ka.ku.te./o.i.shi.i.
肉也很軟很好吃。

B：スープもさっぱりしてておいしい。
su.u.pu.mo./sa.ppa.ri./shi.te.te./o.i.shi.i.
湯也很清爽美味。

A：もう一品頼もうか？
mo.u./i.ppi.n./ta.no.mo.u.ka.
再點一道菜吧？

B：うん、パスタも食べてみたいね。
u.n./pa.su.ta.o./ta.be.te.mi.ta.i.ne.
嗯，也想吃吃義大利麵。

【還可以這麼開頭】

あじ
味はどうですか？
a.ji.wa./do.u./de.su.ka.
味道怎麼樣？

あま　　　　　　　　ほ
甘いものが欲しかったところです。
a.ma.i.mo.no.ga./ho.shi.ka.tta./to.ko.ro./de.su.
剛好想吃點甜的。

にお
いい匂いですね。
i.i./ni.o.i./de.su.ne.
好香喔。

つか　　　　　　　　　　　あじ
りんごを使っているような味がします。
ri.n.go.o./tsu.ka.tte./i.ru./yo.u.na./a.ji.ga./shi.
ma.su.
味道吃起來像加了蘋果。

こうちゃ　あ
紅茶に合いますね。
ko.u.cha.ni./a.i.ma.su.ne.
和紅茶很搭。

ぜっぴん
どれも絶品です。
do.re.mo./ze.ppi.n./de.su.
每道都是極品。

【還可以這麼回答】

かりっとしています。
ka.ri.tto./shi.te./i.ma.su.
很脆。

塩気が足りないですね。
shi.o.ke.ga./ta.ri.na.i./de.su.ne.
不夠鹹。

味が薄い / 濃いです。
a.ji.ga./u.su.i./ko.i./de.su.
味道不夠 / 太重。

脂っこいです。
a.bu.ra.kko.i./de.su.
很油膩。

とても辛いです。
to.te.mo./ka.ra.i./de.su.
非常辣。

酸っぱいです。
su.ppa.i./de.su.
很酸。

個人生活篇

周傳篇

食衣住行篇

娛樂篇

客戶篇

文化環境篇

烹飪

【對話練習】

A：どれもおいしいです。
do.re.mo./o.i.shi.i./de.su.
每樣都很好吃。

B：ありがとう。
a.ri.ga.to.u.
謝謝。

A：料理の腕前はプロ並みですね。
ryo.u.ri.no./u.de.ma.e.wa./pu.ro.na.mi./de.su.
ne.
烹飪技巧和專業廚師一樣好呢。

A：今日の晩ごはんは僕が作ろう。
kyo.u.no./ba.n.go.ha.n.wa./bo.ku.ga./tsu.
ku.ro.u.
今天由我來煮晚餐。

B：珍しいね。何を作ってくれるの？
me.zu.ra.shi.i.ne./na.ni.o./tsu.ku.tte./ku.re.
ru.no.
真難得呢。要煮什麼給我吃？

【還可以這麼開頭】

料理が好きなので、いつも自炊していま
す。
ryo.u.ri.ga./su.ki./na.no.de./i.tsu.mo./ji.su.i.shi.
te./i.ma.su.
我喜歡烹飪，總是自己做菜。

いつも手作りのお弁当です。
i.tsu.mo./te.zu.ku.ri.no./o.be.n.to.u./de.su.
總是親手做的便當。

私はケーキを作るのが好きです。
wa.ta.shi.wa./ke.e.ki.o./tsu.ku.ru./no.ga./su.ki./
de.su.
我喜歡做蛋糕。

新しい食材を使うのが楽しいです。
a.ta.ra.shi.i./sho.ku.za.i.o./tsu.ka.u./no.ga./ta.no.
shi.i./de.su.
用新的食材有很大的樂趣。

ラーメンを作ることくらいしかしたこと
がありません。
ra.a.me.n.o./tsu.ku.ru./ko.to./ku.ra.i./shi.ka./shi.
ta./ko.to.ga./a.ri.ma.se.n.
只煮過泡麵。

個人生活篇

人際篇

食衣住行篇

娛樂篇

感謝篇

文化習俗篇

119

【還可以這麼回答】

さあ、できました。
sa.a./de.ki.ma.shi.ta.
好了，做好了。

まだ試作品だから味は保証できないわよ。
ma.da./shi.sa.ku.hi.n./da.ka.ra./a.ji.wa./ho.sho.
u.de.ki.na.i./wa.yo.
還是試做的，不保證好吃喔。

よかったら召し上がってみてください。
yo.ka.tta.ra./me.shi.a.ga.tte./mi.te./ku.da.sa.i.
可以的話請嘗嘗。

包丁の使い方が危なそうね。大丈夫？
ho.u.cho.u.no./tsu.ka.i.ka.ta.ga./a.bu.na.so.u.ne./
da.i.jo.u.bu.
用菜刀的方法感覺很危險，沒問題吧？

また一緒に作りましょうね。
ma.ta./i.ssho.ni./tsu.ku.ri.ma.sho.u.ne.
下次再一起做吧。

いい香りがしてきました。
i.i./ka.o.ri.ga./shi.te./ki.ma.shi.ta.
聞到香味了。

餐桌用語

【對話練習】

A：料理ができたよ。
　りょうり
ryo.u.ri.ga./de.ki.ta.yo.
菜煮好囉。

B：おいしそう、いただきます。
o.i.shi.so.u./i.ta.da.ki.ma.su.
看起來好好吃，我開動了。

A：取り皿を２枚もらえますか？
　と　ざら　にまい
to.ri.za.ra.o./ni.ma.i./mo.ra.e.ma.su.ka.
可以給我２個小盤子嗎？

B：少々お待ちください。
　しょうしょう　ま
sho.u.sho.u./o.ma.chi./ku.da.sa.i.
請稍等。

A：塩をとってくれませんか？
　しお
shi.o.o./to.tte./ku.re.ma.se.n.ka.
可以幫我拿鹽嗎？

B：はい、どうぞ。
ha.i./do.u.zo.
好的，這裡。

食衣住行篇

【還可以這麼表達】

食事のマナーに気をつけてね。
sho.ku.ji.no./ma.na.a.ni./ki.o.tsu.ke.te.ne.
注意餐桌禮儀喔。

いただきます。
i.ta.da.ki.ma.su.
開動了。

取り皿をください。
to.ri.za.ra.o./ku.da.sa.i.
請給我小盤子。

これ、どうやって食べるのですか？
ko.re./do.u.ya.tte./ta.be.ru.no./de.su.ka.
這個要怎麼吃？

胡椒をいただけませんか？
ko.sho.u.o./i.ta.da.ke.ma.se.n.ka.
可以給我胡椒嗎？

スプーンをもう１本持ってきていただけ
ますか？
su.pu.u.n.no./mo.u./i.ppo.n./mo.tte./ki.te./i.ta.
da.ke.ma.su.ka.
可以再給我一支湯匙嗎？

【還可以這麼表達】

なんだか物足りないですね。
na.n.da.ka./mo.no.ta.ri.na.i./de.su.ne.
總覺得少了點什麼。

肉が生焼けです。
ni.ku.ga./na.ma.ya.ke./de.su.
這肉沒熟。

おかわりください。
o.ka.wa.ri./ku.da.sa.i.
再來一碗。

もうちょっと食べるかも。
mo.u./cho.tto./ta.be.ru./ka.mo.
好像還能再吃一點。

ごちそうさまでした。
go.chi.so.u.sa.ma.de.shi.ta.
多謝款待。／我吃飽了。

お腹いっぱいです。
o.na.ka./i.ppa.i./de.su.
吃得很飽。

個人生活篇

問候篇

食衣住行篇

娛樂篇

場合篇

文化環境篇

請客

【對話練習】

A：好きなもの何でも頼んでいいよ。
su.ki.na./mo.no./na.n.de.mo./ta.no.n.de./
i.i.yo.
盡管點喜歡的東西。

B：でも、どれも高そう。
de.mo./do.re.mo./ta.ka.so.u.
但是每一樣好像都很貴。

A：大丈夫。ここは僕のおごりだよ。
da.i.jo.u.bu./ko.ko.wa./bo.ku.no./o.go.ri./
da.yo.
沒關係，這次我請客。

A：財布を忘れてきちゃった。ごめん、
立て替えてもらっていい？
sa.i.fu.o./wa.su.re.te./ki.cha.tta./go.me.n./
ta.te.ka.e.te./mo.ra.tte./i.i.
忘了帶錢包了。對不起，可以先幫我墊付
嗎？

B：気にしないで。私がおごるわ。
ki.ni./shi.na.i.de./wa.ta.shi.ga./o.go.ru.wa.
別在意，我請客。

【還可以這麼開頭】

１杯おごるよ。何がいい？
i.ppa.i./o.go.ru.yo./na.ni.ga./i.i.
我請你喝一杯，要喝什麼？

飲み代は私が出しますよ。
no.mi.da.i.wa./wa.ta.shi.ga./da.shi.ma.su.yo.
飲料的費用由我來付。

今夜は私がご馳走します。
ko.n.ya.wa./wa.ta.shi.ga./go.chi.so.u.shi.ma.su.
今晚我請客。

今夜、ご飯を食べに行こう！おごるよ。
ko.n.ya./go.ha.n.o./ta.be.ni./i.ko.u./o.go.ru.yo.
今晚一起去吃飯吧，我請客。

お会計の心配はいりません。ごちそうしますので。
o.ka.i.ke.i.no./shi.n.pa.i.wa./i.ri.ma.se.n./go.chi.
so.u.shi.ma.su./no.de.
別擔心錢，我會請客。

ここは私に払わせてください。
ko.ko.wa./wa.ta.shi.ni./ha.ra.wa.se.te./ku.da.sa.i.
這讓我付。

食衣住行篇

125

【還可以這麼回答】

ありがとう。次は私が払うね。
a.ri.ga.to.u./tsu.gi.wa./wa.ta.shi.ga./ha.ra.u.ne.
謝謝，下次換我付喔。

ご馳走してくれて、ありがとう。
go.chi.so.u.shi.te./ku.re.te./a.ri.ga.to.u.
謝謝你請客。

ご馳走様でした。おいしかったです。ありがとうございます。
go.chi.so.u.sa.ma.de.shi.ta./o.i.shi.ka.tta./de.su./a.ri.ga.to.u./go.za.i.ma.su.
多謝招待。很好吃。謝謝。

割り勘にしようよ。
wa.ri.ka.n.ni./shi.yo.u.yo.
平均分攤吧。

いいえ、たまには私に払わせて。
i.i.e./ta.ma.ni.wa./wa.ta.shi.ni./ha.ra.wa.se.te.
不，偶爾也讓我請客吧。

いやいや、ここは私が払います。
i.ya.i.ya./ko.ko.wa./wa.ta.shi.ga./ha.ra.i.ma.su.
不不，這邊由我付款。

預約

【對話練習】

A：1時間待ちですね。
i.chi.ji.ka.n.ma.chi./de.su.ne.
要等 1 小時。

B：うわ…。じゃあ、あとの時間帯で予約は取れますか？
u.wa./ja.a./a.to.no./ji.ka.n.ta.i.de./yo.ya.ku.wa./to.re.ma.su.ka.
哇…。那可以預約晚一點的時間嗎？

A：はい、何時でよろしいでしょうか？
ha.i./na.n.ji.de./yo.ro.shi.i./de.sho.u.ka.
好的，想預約幾點呢？

A：9時の予約を入れたいんですけど。
ku.ji.no./yo.ya.ku.o./i.re.ta.i.n./de.su.ke.do.
我想預約 9 點的位子。

B：申し訳ありませんが、予約は承っておりません。
mo.u.shi.wa.ke./a.ri.ma.se.n.ga./yo.ya.ku.wa./u.ke.ta.ma.wa.tte./o.ri.ma.se.n.
很抱歉，我們不接受預約。

【還可以這麼開頭】

あした
明日のチケットを予約できますか？
a.shi.ta.no./chi.ke.tto.o./yo.ya.ku.de.ki.ma.su.ka.
可以預約明天的票嗎？

どようび　　しちじ　　よやく
土曜日に７時で予約したいのですが。
do.yo.u.bi.ni./shi.chi.ji.de./yo.ya.ku.shi.ta.i.no./de.su.ga.
我想預約週六７點。

しちじ　　よやく
７時に予約したリーですが。
shi.chi.ji.ni./yo.ya.ku.shi.ta./ri.i./de.su.ga.
我姓李，預約了７點。

よやく
予約をキャンセルしたいのですが。
yo.ya.ku.o./kya.n.se.ru.shi.ta.i.no./de.su.ga.
我想取消預約。

よやく　　へんこう
予約を変更したいのですが。
yo.ya.ku.o./he.n.ko.u.shi.ta.i.no./de.su.ga.
我想改變預約內容。

よやく　　かくにん
予約を確認したいのですが。
yo.ya.ku.o./ka.ku.ni.n.shi.ta.i.no./de.su.ga.
我想確認預約內容。

【還可以這麼回答】

かしこまりました。何名様ですか？
ka.shi.ko.ma.ri.ma.shi.ta./na.n.me.i.sa.ma./de.su.ka.
好的，請問幾位呢？

ただいまの件、もう一度確認させていただきます。
ta.da.i.ma.no./ke.n./mo.u.i.chi.do./ka.ku.ni.n.sa.se.te./i.ta.da.ki.ma.su.
我再確認一次剛剛的內容。

当店ではご予約はお受けしていないんです。
to.u.te.n./de.wa./go.yo.ya.ku.wa./o.u.ke.shi.te./i.na.i.n./de.su.
本店不接受預約。

順番待ちです。
ju.n.ba.n.ma.chi./de.su.
依序等候。

予約番号を確認させていただきます。
yo.ya.ku.ba.n.go.u.o./ka.ku.ni.n.sa.se.te./i.ta.da.ki.ma.su.
請讓我確認預約號碼。

健康

【對話練習】

A：顔色が悪いよ。大丈夫？
ka.o.i.ro.ga./wa.ru.i.yo./da.i.jo.u.bu.
你氣色不太好，還好吧？

B：今日はなんか体調がイマイチでさ。
kyo.u.wa./na.n.ka./ta.i.cho.u.ga./i.ma.i.chi./
de.sa.
今天身體狀況不太好。

A：無理しないようにね。
mu.ri.shi.na.i./yo.u.ni.ne.
別太勉強喔。

A：どうしたの？ひどい顔して。
do.u.shi.ta.no./hi.do.i./ka.o./shi.te.
怎麼了？氣色這麼差。

B：いや、昨夜飲みすぎちゃって。
i.ya./yu.u.be./no.mi.su.gi.cha.tte.
唉，昨天喝太多了。

A：それで調子が悪いってわけだ。
so.re.de./cho.u.shi.ga./wa.ru.i.tte./wa.ke.da.
難怪氣色不太好。

【還可以這麼開頭】

ちょっと体調が悪いです。
cho.tto./ta.i.cho.u.ga./wa.ru.i./de.su.
身體有點不舒服。

もしかしたら風邪を引いたかもしれません。
mo.shi.ka.shi.ta.ra./ka.ze.o./hi.i.ta./ka.mo.shi.re.ma.se.n.
可能是感冒了。

気分が悪いです。
ki.bu.n.ga./wa.ru.i./de.su.
感覺不舒服。

風邪を引いたと聞いたけど、大丈夫？
ka.ze.o./hi.i.ta.to./ki.i.ta./ke.do./da.i.jo.u.bu.
聽說你感冒了，還好嗎？

怪我しちゃいました。
ke.ga.shi.cha.i.ma.shi.ta.
不小心受傷了。

どうされましたか？
do.u./sa.re.ma.shi.ta.ka.
怎麼了嗎？

個人生活篇

問候篇

食衣住行篇

娛樂篇

場合篇

文化環境篇

【還可以這麼回答】

どうぞお大事にしてください。
do.u.zo./o.da.i.ji.ni./shi.te./ku.da.sa.i.
請保重身體。/ 請好好養病。

治ったばかりなのだから、どうぞお大事
にしてください。
na.o.tta./ba.ka.ri./na.no./da.ka.ra./do.u.zo./o.da.
i.ji.ni./shi.te./ku.da.sa.i.
才剛痊癒，請保重身體。

とてもお辛いですね。
to.te.mo./o.tsu.ra.i./de.su.ne.
很難受吧。

早くよくなりますように。
ha.ya.ku./yo.ku./na.ri.ma.su.yo.u.ni.
希望能早日痊癒。

風邪を引かないように気をつけてくださ
い。
ka.ze.o./hi.ka.na.i./yo.u.ni./ki.o.tsu.ke.te./ku.da.
sa.i.
請小心別感冒了。

醫藥

【對話練習】

A：頭痛薬はありますか？
ずつうやく
zu.tsu.u.ya.ku.wa./a.ri.ma.su.ka.
有頭痛藥嗎？

B：こちらです。
ko.chi.ra./de.su.
在這邊。

A：1日何回飲めばいいですか？
いちにちなんかい の
i.chi.ni.chi./na.n.ka.i./no.me.ba./i.i./de.su.ka.
1天要吃幾次？

B：1日2回服用してください。
いちにち にかいふくよう
i.chi.ni.chi./ni.ka.i./fu.ku.yo.u.shi.te./ku.da.sa.i.
1天吃2次。

A：この軟膏はどのくらいの頻度で塗
なんこう　　　　　　　　　ひんど　ぬ
るのでしょうか？
ko.no./na.n.ko.u.wa./do.no.ku.ra.i.no./hi.n.do.
de./nu.ru.no./de.sho.u.ka.
這個藥膏多久塗一次？

B：6時間おきに塗ってください。
ろくじかん　　　　ぬ
ro.ku.ji.ka.n./o.ki.ni./nu.tte./ku.da.sa.i.
6個小時塗一次。

【還可以這麼開頭】

副作用<ruby>ふくさよう</ruby>はありますか？
fu.ku.sa.you.wa./a.ri.ma.su.ka.
有副作用嗎？

普段<ruby>ふだん</ruby>、何<ruby>なに</ruby>か薬<ruby>くすり</ruby>を飲<ruby>の</ruby>んでいますか？
fu.da.n./na.ni.ka./ku.su.ri.o./no.n.de./i.ma.su.ka.
平常是否服用什麼藥物呢？

胃痛<ruby>いつう</ruby>に効<ruby>き</ruby>く薬<ruby>くすり</ruby>はありますか？
i.tsu.u.ni./ki.ku./ku.su.ri.wa./a.ri.ma.su.ka.
有治胃痛的藥嗎？

解熱剤<ruby>げねつざい</ruby>を探<ruby>さが</ruby>してるんですが。
ge.ne.tsu.za.i.o./sa.ga.shi.te./ru.n./de.su.ga.
我在找退燒藥。

以前<ruby>いぜん</ruby>に薬<ruby>くすり</ruby>を飲<ruby>の</ruby>んでアレルギーを起<ruby>お</ruby>こした
ことがありますか？
i.ze.n.ni./ku.su.ri.o./no.n.de./a.re.ru.gi.i.o./o.ko.
shi.ta./ko.to.ga./a.ri.ma.su.ka.
以前吃藥曾過敏嗎？

この薬<ruby>くすり</ruby>には処方箋<ruby>しょほうせん</ruby>が必要<ruby>ひつよう</ruby>です。
ko.no./ku.su.ri./ni.wa./sho.ho.u.se.n.ga./hi.tsu.
yo.u./de.su.
這種藥需要有處方箋才能買。

【還可以這麼回答】

たいちょうかんり
体調管理のためにサプリメントを飲んで
います。
ta.i.cho.u.ka.n.ri.no./ta.me.ni./sa.pu.ri.me.n.to.o./
no.n.de./i.ma.su.
為了維持健康平時服用保健食品。

お湯に溶かして飲んでください。
o.yu.ni./to.ka.shi.te./no.n.de./ku.da.sa.i.
請加在熱水裡服用。

しょくご　　　　くすり　の
食後にこの薬を飲んでください。
sho.ku.go.ni./ko.no./ku.su.ri.o./no.n.de./ku.da.
sa.i.
請飯後服用這個藥。

ろくじかんいじょう　かんかく
6 時間以上の間隔をあけてください。
ro.ku.ji.ka.n./i.jo.u.no./ka.n.ka.ku.o./a.ke.te./ku.
da.sa.i.
請間隔 6 小時以上。

ねむ　　　かぜぐすり　　　　　　おも
眠い、風邪薬のせいだと思います。
ne.mu.i./ka.ze.gu.zu.ri.no./se.i.da.to./o.mo.i.ma.
su.
好想睡，可能是感冒藥的關係。

個人生活篇

問候篇

食衣住行篇

娛樂篇

場合篇

文化環境篇

天氣

【對話練習】

A：そちらの天気(てんき)はどうですか？
so.chi.ra.no./te.n.ki.wa./do.u./de.su.ka.
那邊的天氣怎麼樣？

B：京都(きょうと)はとても暖(あたた)かいです。
kyo.u.to.wa./to.te.mo./a.ta.ta.ka.i./de.su.
京都非常暖和。

A：天気(てんき)がいいから、公園(こうえん)に行(い)かない？
e.n.ki.ga./i.i.ka.ra./ko.u.e.n.ni./i.ka.na.i.
天氣真好，要不要去公園？

B：いいね。
i.i.ne.
好主意。

A：明日(あした)は晴(は)れるみたいだよ。
a.shi.ta.wa./ha.re.ru./mi.ta.i./da.yo.
明天好像是晴天。

B：じゃあ、半袖(はんそで)を着(き)ていったほうが
いいかな。
ja.a./ha.n.so.de.o./ki.te./i.tta./ho.u.ga./i.i.ka.
na.
那麼大概穿短袖去比較好。

【還可以這麼開頭】

今日は晴れていますね。
kyo.u.wa./ha.re.te./i.ma.su.ne.
今天是晴天呢。

後から晴れるでしょう。
a.to.ka.ra./ha.re.ru./de.sho.u.
等一下應該會放晴吧。

雲ひとつない空です。
ku.mo./hi.to.tsu.na.i./so.ra./de.su.
萬里無雲。

ずっと雨が降り続いています。
zu.tto./a.me.ga./fu.ri.tsu.zu.i.te./i.ma.su.
雨下個不停。

やっと雨が上がりました。
ya.tto./a.me.ga./a.ga.ri.ma.shi.ta.
雨終於停了。

雨、降るのかな？
a.me./fu.ru.no./ka.na.
會下雨嗎？

個人生活篇

問候篇

食衣住行篇

娛樂篇

場合篇

文化環境篇

【還可以這麼回答】

天気^{てんき}がいいといいですね。

天気がいいといいですね。
te.n.ki.ga./i.i.to./i.i./de.su.ne.
要是天氣晴朗就好了。

今日^{きょう}は肌寒^{はだざむ}いです。
kyo.u.wa./ha.da.sa.mu.i./de.su.
今天有點冷呢。

ここ最近^{さいきん}はずっと曇^{くも}りです。
ko.ko./sa.i.ki.n.wa./zu.tto./ku.mo.ri./de.su.
最近老是陰天。

外^{そと}はちょっと暗^{くら}いです。
so.to.wa./cho.tto./ku.ra.i./de.su.
天色有點暗。

明日^{あした}もどんよりした天気^{てんき}になりそうです。
a.shi.ta.mo./do.n.yo.ri./shi.ta./te.n.ki.ni./na.ri.
so.u./de.su.
明天看來也會是陰天。

今日^{きょう}は寒^{さむ}くなるそうですよ。
kyo.u.wa./sa.mu.ku.na.ru./so.u./de.su.yo.
聽說今天會變冷。

季節

【對話練習】

A：もうすぐ春ですね。
mo.u.su.gu./ha.ru./de.su.ne.
春天馬上就要到了呢。

B：お花見の季節ですね。夜桜見物が
してみたいです。
o.ha.na.mi.no.ki.se.tsu./de.su.ne./yo.za.ku.ra.
ke.n.bu.tsu.ga./shi.te./mi.ta.i.de.su.
賞花的季節呢。真想試試賞夜櫻。

A：一番好きな季節はいつですか？
i.chi.ba.n./su.ki.na./ki.se.tsu.wa./i.tsu.de.su.
ka.
最喜歡哪個季節？

B：私は四季の中で夏が一番好きです。
wa.ta.shi.wa./shi.ki.no./na.ka.de./na.tsu.ga./
i.chi.ba.n./su.ki./de.su.
四季中我最喜歡夏天。

A：海の季節ですね。
u.mi.no./ki.se.tsu./de.su.ne.
去海邊的季節呢。

【還可以這麼表達】

梅雨の季節は蒸し暑いです。
tsu.yu.no./ki.se.tsu.wa./mu.shi.a.tsu.i./de.su.
梅雨季總是很悶熱。

日が短くなってきましたね。
hi.ga./mi.ji.ka.ku./na.tte./ki.ma.shi.ta.ne.
日照時間變短了。

この国は年間を通じて暑いです。
ko.no.ku.ni.wa./ne.n.ka.n.o./tsu.u.ji.te./a.tsu.i./de.su.
這個國家一整年都很熱。

春らしくなってきました。
ha.ru.ra.shi.ku./na.tte./ki.ma.shi.ta.
天氣變得像春天了。

夏が待ち遠しいです。
na.tsu.ga./ma.chi.do.o.shi.i./de.su.
希望夏天快點來。

暑さに耐えられません。
a.tsu.sa.ni./ta.e.ra.re.ma.se.n.
熱得受不了。

【還可以這麼表達】

日本は四季がはっきりしています。
ni.ho.n.wa./shi.ki.ga./ha.kki.ri./shi.te./i.ma.su.
日本四季分明。

クリスマスの季節が来ました。
ku.ri.su.ma.su.no./ki.se.tsu.ga./ki.ma.shi.ta.
聖誕季節來了。

お花見が好きです。
o.ha.na.mi.ga./su.ki./de.su.
喜歡賞櫻。

海に行くのが好きです。
u.mi.ni./i.ku./no.ga./su.ki.de.su.
喜歡去海邊。

紅葉を見るのが好きです。
ko.u.yo.u.o./mi.ru./no.ga./su.ki./de.su.
喜歡賞楓。

雪を見るのが楽しいです。
yu.ki.o./mi.ru./no.ga./ta.no.shi.i./de.su.
賞雪景很開心。

個人生活篇

問候篇

食衣住行篇

娛樂篇

場合篇

文化環境篇

養生

【對話練習】

A：どんなタイプのコーヒーがありま
　すか？

do.n.na./ta.i.pu.no./ko.o.hi.i.ga./a.ri.ma.su.ka.

有哪些咖啡？

B：オーガニックのコーヒーを提供し
　ています。

o.o.ga.ni.kku.no./ko.o.hi.i.o./te.i.kyo.u.shi.te./
i.ma.su.

我們提供有機咖啡。

A：最近体にいいものしか食べないよ
　うにしています。

sa.i.ki.n./ka.ra.da.ni./i.i.mo.no./shi.ka./ta.be.
na.i./yo.u.ni./shi.te./i.ma.su.

最近開始只吃對身體好的食物。

B：例えばどんなものですか？

ta.to.e.ba./do.n.na./mo.no./de.su.ka.

比方說是什麼食物呢？

【還可以這麼開頭】

天然由来の成分で作られていますか？
te.n.ne.n.yu.ra.i.no./se.i.bu.n.de./tsu.ku.ra.re.te./
i.ma.su.ka.
這是用天然成分做的嗎？

これはオーガニック石鹸ですか？
ko.re.wa./o.o.ga.ni.kku./se.kke.n./de.su.ka.
這是有機香皂嗎？

食生活に何かこだわりがありますか？
sho.ku.se.i.ka.tsu.ni./na.ni.ka./ko.da.wa.ri.ga./a.ri.
ma.su.ka.
吃東西有特別堅持的原則嗎？

ビーガンのメニューはありますか？
bi.i.ga.n.no./me.nyu.u.wa./a.ri.ma.su.ka.
有純蔬食 (vegan) 的菜單嗎？

ベジタリアンのレストランに行ったこと
がありますか？
be.ji.ta.ri.a.n.no./re.su.to.ra.n.ni./i.tta./ko.to.ga./
a.ri.ma.su.ka.
去過素食餐廳嗎？

個人生活篇

問候篇

食衣住行篇

娛樂篇

場合篇

文化環境篇

【還可以這麼回答】

塩分を控えめにしています。
e.n.bu.n.o./hi.ka.e.me.ni./shi.te./i.ma.su.
少鹽。/ 減少攝取鹽分。

グルテンフリーのパスタを食べてみました。
gu.ru.te.n.fu.ri.i.no./pa.su.ta.o./ta.be.te./mi.ma.
shi.ta.
試吃了無麩質的義大利麵。

このレストランは無添加メニューが充実しています。
ko.no./re.su.to.ra.n.wa./mu.te.n.ka.me.nyu.u.ga./
ju.u.ji.tsu.shi.te./i.ma.su.
這家餐廳的無添加物菜單非常充實。

化学調味料を一切使いません。
ka.ga.ku.cho.u.mi.ryo.u.o./i.ssa.i./tsu.ka.i.ma.se.n.
完全不使用化學調味料。

自然界にない物質を使わずに作ったものです。
shi.ze.n.ka.i.ni./na.i./bu.sshi.tsu.o./tsu.ka.wa.
zu.ni./tsu.ku.tta./mo.no./de.su.
不使用非天然物質而製造的。

減肥

【對話練習】

A：クレープでも食べない？
ku.re.e.pu./de.mo./ta.be.na.i.
要不要吃可麗餅？

B：ううん、いらない。今ダイエット
中なの。
u.u.n./i.ra.na.i./i.ma./da.i.e.tto.chu.u./na.no.
不，不需要。我正在減肥。

A：パンケーキを焼いたよ。
pa.n.ke.e.ki.o./ya.i.ta.yo.
我烤了鬆餅。

B：ああ、すごく引かれるけど、食べ
ちゃいけないよね。
a.a./su.go.ku./hi.ka.re.ru./ke.do./ta.be.cha./
i.ke.na.i.yo.ne.
啊，雖然很誘人，但是我不能吃。

ダイエット中だから。
da.i.e.tto.chu.u./da.ka.ra.
因為正在減肥。

【還可以這麼開頭】

どんな服も合わない。ダイエットしなきゃ。
do.n.na./fu.ku.mo./a.wa.na.i./da.i.e.tto.shi.na.kya.
穿什麼都不好看，要減肥了。

あと 3 キロ痩せなきゃ。
a.to./sa.n.ki.ro./ya.se.na.kya.
要再瘦 3 公斤。

太ってきちゃった。
fu.to.tte./ki.cha.tta.
變胖了。

夏に向けて運動を始めなきゃ。
na.tsu.ni./mu.ke.te./u.n.do.u.o./ha.ji.me.na.kya.
為了迎接夏天，得開始運動才行。

腰回りが大きくなった。
ko.shi.ma.wa.ri.ga./o.o.ki.ku./na.tta.
腰變粗了。

彼女みたいな完璧なスタイルになりたい。
ka.no.jo./mi.ta.i.na./ka.n.pe.ki.na./su.ta.i.ru.ni./
na.ri.ta.i.
想像她一樣擁有完美的身材。

【還可以這麼回答】

最近糖質制限をしています。
sa.i.ki.n./to.u.shi.tsu.se.i.ge.n.o./shi.te./i.ma.su.
最近開始低醣飲食。

お腹の肉をなくそうとしています。
o.na.ka.no./ni.ku.o./na.ku.so.u.to./shi.te./i.ma.su.
想要減肚子上的肉。

揚げ物を我慢するのは難しすぎます。
a.ge.mo.no.o./ga.ma.n.su.ru./no.wa./mu.zu.ka.shi.su.gi.ma.su.
要忍住不吃炸物真難。

体重が少し減りました。
ta.i.ju.u.ga./su.ko.shi./he.ri.ma.shi.ta.
體重稍微變輕了。

体重がすごく落ちたんですよ。
ta.i.ju.u.ga./su.go.ku./o.chi.ta.n./de.su.yo.
體重掉了很多。

ダイエットをやめたんだ。
da.i.e.tto.o./ya.me.ta.n.da.
放棄減肥了。

個人生活篇

問候篇

食衣住行篇

娛樂篇

場合篇

文化環境篇

147

吸菸

【對話練習】

A：1日にどれくらいタバコを吸っていますか？
i.chi.ni.chi.ni./do.re.ku.ra.i./ta.ba.ko.o./su.tte./i.ma.su.ka.
1天吸幾根菸呢？

B：1日に約1箱吸っています。
i.chi.ni.chi.ni./ya.ku./hi.to.ha.ko./su.tte./i.ma.su.
1天大約吸1包。

A：この仕事を終わらせたらタバコを吸いに行こう。
ko.no./shi.go.to.o./o.wa.ra.se.ta.ra./ta.ba.ko.o./su.i.ni./i.ko.u.
這工作做完之後我們去抽個菸吧。

喫煙所はどこですか？
ki.tsu.e.n.jo.wa./do.ko./de.su.ka.
吸菸處在哪裡呢？

B：いや、実はタバコをやめたんだ。
i.ya./ji.tsu.wa./ta.ba.ko.o./ya.me.ta.n.da.
不了，其實我戒菸了。

【還可以這麼開頭】

タバコを吸える場所が知りたいんですが。
ta.ba.ko.o./su.e.ru./ba.sho.ga./shi.ri.ta.i.n./de.su.ga.
請問哪裡可以抽菸？

タバコをお吸いになりますか？
ta.ba.ko.o./o.su.i.ni./na.ri.ma.su.ka.
您抽菸嗎？

ここは禁煙ですか？
ko.ko.wa./ki.n.e.n./de.su.ka.
這裡禁菸嗎？

タバコを吸ってもよろしいでしょうか？
ta.ba.ko.o./su.tte.mo./yo.ro.shi.i./de.sho.u.ka.
我可以抽菸嗎？

灰皿はありますか？
ha.i.za.ra.wa./a.ri.ma.su.ka.
有菸灰缸嗎？

喫煙ルームはありますか？
ki.tsu.e.n./ru.u.mu.wa./a.ri.ma.su.ka.
有吸菸房嗎？

個人生活篇

問候篇

食衣住行篇

娛樂篇

場合篇

文化環境篇

【還可以這麼回答】

タバコの煙と匂いが嫌いです。
ta.ba.ko.no./ke.mu.ri.to./ni.o.i.ga./ki.ra.i./de.su.
討厭菸的煙霧和味道。

この国では電子タバコは禁止されてます。
ko.no./ku.ni./de.wa./de.n.shi.ta.ba.ko.wa./ki.n.shi.
sa.re.te./ma.su.
這個國家不能帶電子菸。

若者の多くは電子タバコを吸うようになっ
ったそうです。
wa.ka.mo.no.no./o.o.ku.wa./de.n.shi.ta.ba.ko.o./
su.u./yo.u.ni./na.tta./so.u./de.su.
據說許多年輕人開始使用電子菸。

タバコをやめようとしているところです。
ta.ba.ko.o./ya.me.yo.u.to./shi.te./i.ru./to.ko.ro./
de.su.
正打算戒菸。

タバコの量を減らそうとしています。
ta.ba.ko.no./ryo.u.o./he.ra.so.u.to./shi.te./i.ma.
su.
打算減少抽菸的量。

絕無冷場

專為聊天 準備的
日語會話
Q & A

娛樂篇

興趣 (1)

【對話練習】

A：田中さんの趣味は何ですか？
ta.na.ka.sa.n.no./shu.mi.wa./na.n.de.su.ka.
田中先生的興趣是什麼？

B：ギターを弾くのが好きです。
gi.ta.a.o./hi.ku./no.ga./su.ki./de.su.
我喜歡彈吉他。

A：へえ、すごい。いつもどんな曲を
弾いていますか？
he.e./su.go.i./i.tsu.mo./do.n.na./kyo.ku.o./
hi.i.te./i.ma.su.ka.
哇好厲害。你都彈什麼曲子呢？

B：ロックな曲が好きです。
ro.kku.na./kyo.ku.ga./su.ki./de.su.
我喜歡搖滾的曲子。

A：楽しそうですね。毎日練習してい
ますか？
ta.no.shi.so.u./de.su.ne./ma.i.ni.chi./re.n.shu.
u.shi.te./i.ma.su.ka.
好像很有趣呢。每天都練習嗎？

【還可以這麼開頭】

休みの日は何をしていますか？
ya.su.mi.no.hi.wa./na.ni.o./shi.te./i.ma.su.ka.
假日都做些什麼呢？

空いた時間は何をやっていますか？
a.i.ta./ji.ka.n.wa./na.ni.o./ya.tte./i.ma.su.ka.
有空時都做些什麼呢？

趣味とかありますか？
shu.mi./to.ka./a.ri.ma.su.ka.
有什麼嗜好嗎？

インドアとアウトドアどっちが好きです
か？
i.n.do.a.to./a.u.to.do.a./do.cchi.ga./su.ki./de.su.
ka.
喜歡室內還是戶外活動？

特にこれといった趣味はないんです。
to.ku.ni./ko.re.to./i.tta./shu.mi.wa./na.i.n./de.su.
沒什麼特別的嗜好。

今、趣味を探し中なんです。
i.ma./shu.mi.o./sa.ga.shi.chu.u./na.n./de.su.
現在正在尋找自己的興趣。

個人生活篇

問候篇

食衣住行篇

娛樂篇

場合篇

文化環境篇

153

【還可以這麼回答】

休日はあまり外に出ません。
kyu.u.ji.tsu.wa./a.ma.ri./so.to.ni./de.ma.se.n.
假日不太外出。

私の趣味はサーフィンで、海に行くのが
好きです。
wa.ta.shi.no./shu.mi.wa./sa.a.fi.n.de./u.mi.ni./
i.ku./no.ga./su.ki./de.su.
我的興趣是沖浪，很喜歡去海邊。

推理小説が中心ですが、たまには漫画も
読みます。
su.i.ri.sho.u.se.tsu.ga./chu.u.shi.n./de.su.ga./ta.
ma.ni.wa./ma.n.ga.mo./yo.mi.ma.su.
主要讀推理小說，但偶爾也看漫畫。

インスタグラムを更新するのが日々の楽
しみです。
i.n.su.ta.gu.ra.mu.o./ko.u.shi.n.su.ru./no.ga./hi.bi.
no./ta.no.shi.mi./de.su.
每天最期待的就是更新 Instagram。

オンラインゲームにハマっています。
o.n.ra.i.n.ge.e.mu.ni./ha.ma.tte./i.ma.su.
迷上了線上遊戲。

興趣 (2)

【對話練習】

A：休みの日はいつも何をされていますか？

ya.su.mi.no.hi.wa./i.tsu.mo./na.ni.o./sa.re.te./i.ma.su.ka.

假日都做些什麼呢？

B：映画鑑賞が好きです。

e.i.ga.ka.n.sho.u.ga./su.ki./de.su.

我喜歡看電影。

A：どのくらい映画を見ますか？

do.no./ku.ra.i./e.i.ga.o./mi.ma.su.ka.

多久看一次電影呢？

B：時間の都合がつけばいつも映画館に行きます。

ji.ka.n.no./tsu.go.u.ga./tsu.ke.ba./i.tsu.mo./e.i.ga.ka.n.ni./i.ki.ma.su.

只要有空就會去電影院。

A：どんな種類の映画が好きですか？

do.n.na./shu.ru.i.no./e.i.ga.ga./su.ki.de.su.ka.

你喜歡哪一種電影？

個人生活篇

問候篇

食衣住行篇

娛樂篇

場合篇

文化環境篇

【還可以這麼開頭】

好きなゲームはどれですか？
su.ki.na./ge.e.mu.wa./do.re./de.su.ka.
你喜歡哪個遊戲？

どこで英語を習っていますか？
do.ko.de./e.i.go.o./na.ra.tte./i.ma.su.ka.
你在哪裡學英文？

いつか詳しい話を聞きたいです。
i.tsu.ka./ku.wa.shi.i./ha.na.shi.o./ki.ki.ta.i./de.su.
有機會一定要告訴我詳情。

今度教えてください。
ko.n.do./o.shi.e.te./ku.da.sa.i.
下次教我。

テニスを始めたきっかけは何ですか？
te.ni.su.o./ha.ji.me.ta./ki.kka.ke.wa./na.n./de.su.
ka.
開始打網球的契機是什麼？

ところで、私がミュージカルが大好きだっ
て言ったっけ？
to.ko.ro.de./wa.ta.shi.ga./myu.u.ji.ka.ru.ga./da.i.
su.ki.da.tte./i.tta.kke.
對了，我說過很喜歡音樂劇嗎？

【還可以這麼回答】

睡眠を削って漫画を読んでいます。
su.i.mi.n.o./ke.zu.tte./ma.n.ga.o./yo.n.de./i.ma.su.
犧牲睡眠時間看漫畫。

個人レッスンを受講しています。
ko.ji.n./re.ssu.n.o./ju.ko.u.shi.te./i.ma.su.
上1對1的課程。

英会話の通信講座をとっています。
e.i.ka.i.wa.no./tsu.u.shi.n.ko.u.za.o./to.tte./i.ma.su.
上英語會話的函授課程。

バレエ教室に通っています。
ba.re.e.kyo.u.shi.tsu.ni./ka.yo.tte./i.ma.su.
正在上芭蕾教室。

スペイン語はほとんど独学です。
su.pe.i.n.go.wa./ho.to.n.do./do.ku.ga.ku./de.su.
幾乎是自己學會西班牙語的。

俳句サークルに入っています。
ha.i.ku./sa.a.ku.ru.ni./ha.i.tte./i.ma.su.
加入了俳句的社團。

戶外活動

【對話練習】

A：余暇に何をしていますか？
yo.ka.ni./na.ni.o./shi.te./i.ma.su.ka.
閒暇時都做些什麼？

B：友達とキャンプに行くのが好きで

す。
to.mo.da.chi.to./kya.n.pu.ni./i.ku./no.ga./su.
ki.de.su.
喜歡和朋友去露營。

A：田中さんもアウトドア派ですね。
ta.na.ka.sa.n.mo./a.u.to.do.a.ha./de.su.ne.
田中先生也喜歡戶外活動啊。

A：これ何？
ko.re./na.ni.
這是什麼？

B：アウトドア用品店のチラシよ。

興味あるかなと思って。
a.u.to.do.a./yo.u.hi.n.te.n.no./chi.ra.shi.yo./
kyo.u.mi.a.ru./ka.na.to./o.mo.tte.
戶外用品店的傳單。我想你應該會有興趣。

【還可以這麼表達】

私の趣味はアウトドアです。
wa.ta.shi.no./shu.mi.wa./a.u.to.do.a./de.su.
我的興趣是戶外活動。

自然と一体になれば心もリフレッシュさ
れる。
shi.ze.n.to./i.tta.i.ni./na.re.ba./ko.ko.ro.mo./ri.fu.
re.sshu.sa.re.ru.
和大自然融為一體的話，心靈也煥然一新。

彼はアウトドア派なんだけど、私は違うの
です。
ka.re.wa./a.u.to.do.a.ha./na.n.da.ke.do./wa.ta.shi.
wa./chi.ga.u.no./de.su.
他喜歡戶外活動，但我不是。

アウトドアの定番といえば、バーベキュー
ですね。
a.u.to.do.a.no./te.i.ba.n.to./i.e.ba./ba.a.be.kyu.u./
de.su.ne.
說到戶外活動最先想到的，就是烤肉了。

アウトドアのイベントが好きだけど、虫は
嫌いです。
a.u.to.do.a.no./i.be.n.to.ga./su.ki./da.ke.do./
mu.shi.wa./ki.ra.i./de.su.
雖然喜歡戶外活動，但是討厭蟲。

個人生活篇

問候篇

食衣住行篇

娛樂篇

場合篇

文化環境篇

159

【還可以這麼表達】

アウトドアスポーツがこよなく好きです。
a.u.to.do.a./su.po.o.tsu.ga./ko.yo.na.ku.su.ki./de.
su.
只要是戶外的運動都喜歡。

自然に囲まれた環境が好きです。
shi.ze.n.ni./ka.ko.ma.re.ta./ka.n.kyo.u.ga./su.ki./
de.su.
喜歡被環繞大自然的環境。

私は自然の中にいるのが好きです。
wa.ta.shi.wa./shi.ze.n.no./na.ka.ni./i.ru.no.ga./
su.ki./de.su.
我喜歡處在大自然之中。

毎月キャンプに行ったりハイキングに行ったりしています。
ma.i.tsu.ki./kya.n.pu.ni./i.tta.ri./ha.i.ki.n.gu.ni./
i.tta.ri./shi.te./i.ma.su.
每個月都會去露營或是健行。

会社の仲間と一緒にテニスやゴルフをします。
ka.i.sha.no./na.ka.ma.to./i.ssho.ni./te.ni.su.ya./
go.ru.fu.o./shi.ma.su.
和公司的同伴一起打網球或高爾夫。

水上活動

【對話練習】

A：涼^{すず}しくなってきましたね。
su.zu.shi.ku./na.tte./ki.ma.shi.ta.ne.
天氣轉涼了呢。

B：そうですね。もうすぐ秋^{あき}ですね。
so.u./de.su.ne./mo.u.su.gu./a.ki./de.su.ne.
對啊，馬上就是秋天了。

A：今年^{ことし}も夏^{なつ}はあっという間^まに終^おわっちゃいました。
ko.to.shi.mo./na.tsu.wa./a.tto.i.u.ma.ni./o.wa.ccha.i.ma.shi.ta.
今年夏天也是轉眼間就結束了。

B：本当^{ほんとう}にあっという間^まにでしたね。
ho.n.to.u.ni./a.tto.i.u.ma.ni./de.shi.ta.ne.
真的是一眨眼呢。

そういえば、最後^{さいご}にもう一回海^{いっかいうみ}に行^いこうかと思^{おも}っていますけど。
so.u.i.e.ba./sa.i.go.ni./mo.u.i.kka.i./u.mi.ni./i.ko.u.ka.to./o.mo.tte./i.ma.su./ke.do.
對了，我想最後再去一次海邊。

個人生活篇　問候篇　食衣住行篇　娛樂篇　場合篇　文化環境篇

161

【還可以這麼開頭】

ここでは毎年4月に海開きをします。
ko.ko.de.wa./ma.i.to.shi./shi.ga.tsu.ni./u.mi.bi.ra.ki.o./shi.ma.su.
這裡的海灘每年4月開放。

得意な泳ぎ方は何ですか？
to.ku.i.na./o.yo.gi.ka.ta.wa./na.n./de.su.ka.
拿手的泳式是什麼？

どれくらい波は大きいのですか？
do.re.ku.ra.i./na.mi.wa./o.o.ki.i.no./de.su.ka.
浪有多大呢？

この近くにサーフショップはありますか？
ko.no./chi.ka.ku.ni./sa.a.fu.sho.ppu.wa./a.ri.ma.su.ka.
這附近有沖浪用品店嗎？

プールはいつオープンですか？
pu.u.ru.wa./i.tsu./o.o.pu.n./de.su.ka.
游泳池什麼時候開放呢？

水は温かいですか？
mi.zu.wa./a.ta.ta.ka.i./de.su.ka.
水是溫的嗎？

【還可以這麼回答】

すいえい　とくい
水泳が得意です。
su.i.e.i.ga./to.ku.i./de.su.
擅長游泳。

だいす
サーフィンが大好きです。
sa.a.fi.n.ga./da.i.su.ki./de.su.
很喜歡沖浪。

うみ　す　　　　　　　　　　　　　　　　　　　い
海が好きで、よくダイビングに行きます。
u.mi.ga./su.ki.de./yo.ku./da.i.bi.n.gu.ni./i.ki.ma.su.
喜歡大海，經常去潛水。

きょうみずぎ　　も　　　　　　　　　　　わす
今日水着を持ってくるのを忘れたからプ
　　　　　　　　　　　　　　　　　　　　　はい
ールに入れなかったです。
kyo.u./mi.zu.gi.o./mo.tte.ku.ru.no.o./wa.su.re.ta./
ka.ra./pu.u.ru.ni./ha.i.re.na.ka.tta./de.su.
今天忘了帶泳裝，所以不能進游泳池。

しゅみ　つ　　　　　　　　うみづ　　　　かわづ
趣味は釣りです。海釣りも川釣りもどちら
　　す
も好きです。
shu.mi.wa./tsu.ri./de.su./u.mi.zu.ri.mo./ka.wa.
zu.ri.mo./do.chi.ra.mo./su.ki./de.su.
興趣是釣魚。海釣或是溪釣都喜歡。

個人生活篇

問候篇

食衣住行篇

娛樂篇

場合篇

文化環境篇

健身

【對話練習】

A：ムキムキだね。
mu.ki.mu.ki./da.ne.
都是肌肉耶。

B：去年の冬から鍛えてるんだ。
kyo.ne.n.no./fu.yu./ka.ra./ki.ta.e.te.ru.n.da.
我去年冬天就開始練了。

A：すごいね。普段どんなトレーニン
グをしてるの？
su.go.i.ne./fu.da.n./do.n.na./to.re.e.ni.n.gu.
o./shi.te.ru.no.
好厲害。你平常都做什麼樣的訓練？

B：ジョギングしてるんだ。最近は、
ジムにも通ってる。
jo.gi.n.gu.shi.te.ru.n.da./sa.i.ki.n.wa./ji.mu.
ni.mo./ka.yo.tte.ru.
我都慢跑。最近也上健身房。

プロテインも飲まないとね。
pu.ro.te.i.n.mo./no.ma.na.i.to.ne.
也要喝高蛋白才行。

164

【還可以這麼開頭】

体を鍛えたいです。
ka.ra.da.o./ki.ta.e.ta.i./de.su.
我想健身。

ジムに通っていますか？
ji.mu.ni./ka.yo.tte./i.ma.su.ka.
上健身房嗎？

最近は運動不足です。
sa.i.ki.n.wa./u.n.do.u.bu.so.ku./de.su.
最近運動不足。

何かおすすめの運動ってありますか？
na.ni.ka./o.su.su.me.no./u.n.do.u.tte./a.ri.ma.su.
ka.
有什麼推薦的運動嗎？

一緒にジムに行きませんか？
i.ssho.ni./ji.mu.ni./i.ki.ma.se.n.ka.
要不要一起去健身房？

ウォーミングアップが必要です。
wo.o.mi.n.gu.a.ppu.ga./hi.tsu.yo.u./de.su.
熱身運動是必要的。

個人生活篇

問候篇

食衣住行篇

娛樂篇

場合篇

文化環境篇

165

【還可以這麼回答】

体を動かすのが好きです。
ka.ra.da.o./u.go.ka.su.no.ga./su.ki./de.su.
喜歡活動身體。

体重の落とし方を知りたいです。
ta.i.ju.u.no./o.to.shi.ka.ta.o./shi.ri.t.ai./de.su.
想知道減重的方法。

筋トレの後に有酸素運動をした方がいい。
ki.n.to.re.no./a.to.ni./yu.u.sa.n.so.u.u.n.do.u.o./
shi.ta./ho.u.ga./i.i.
健身之後最好再進行有氧運動。

１５回を３セットやるつもりです。
ju.u.go.ka.i.o./sa.n.se.tto./ya.ru./tsu.mo.ri./de.su.
打算做 15 次 1 組共 3 組。

このマシンを私が使ってもいいですか？
ko.no./ma.shi.n.o./wa.ta.shi.ga./tsu.ka.tte.mo./
i.i./de.su.ka.
我可以用這個機器嗎？

腹筋の鍛え方を見せていただけますか？
fu.kki.n.no./ki.ta.e.ka.ta.o./mi.se.te./i.ta.da.ke.
ma.su.ka.
可以請你示範鍛練腹筋的方法嗎？

音樂

【對話練習】

A：クラシックコンサートに一緒に行
きませんか？
ku.ra.shi.kku.ko.n.sa.a.to.ni./i.ssho.ni./i.ki.
ma.se.n.ka.
要不要一起去古典樂音樂會？

B：実は…クラシック音楽はあまり聞
かない方なんです。
ji.tsu.wa./ku.ra.shi.kku.o.n.ga.ku.wa./a.ma.
ri./ki.ka.na.i.ho.u./na.n./de.su.
其實…我不太聽古典樂。

A：昨日のカラオケ大会はどうでした
か？
ki.no.u.no./ka.ra.o.ke.ta.i.ka.i.wa./do.u./
de.shi.ta.ka.
昨天的卡拉 OK 大會怎麼樣？

B：楽しかったです。次は一緒に行き
ましょうよ。
ta.no.shi.ka.tta./de.su./tsu.gi.wa./i.ssho.ni./
i.ki.ma.sho.u.yo.
很開心喔。下次也一起去嘛。

【還可以這麼開頭】

おんがく き す
音楽を聴くのが好きですか？
o.n.ga.ku.o./ki.ku.no.ga./su.ki./de.su.ka.
你喜歡聽音樂嗎？

す きょく なん
好きな曲は何ですか？
su.ki.na./kyo.ku.wa./na.n./de.su.ka.
你喜歡什麼歌？

おんがく す
どんなジャンルの音楽が好きですか？
do.n.na./ja.n.ru.no./o.n.ga.ku.ga./su.ki./de.su.ka.
你喜歡哪一種音樂？

きょく だいめい なん
この曲の題名は何ですか？
ko.no./kyo.ku.no./da.i.me.i.wa./na.n.de.su.ka.
這首曲名是什麼？

いちばんとくい きょく なん
一番得意な曲は何ですか？
i.chi.ba.n./to.ku.i.na./kyo.ku.wa./na.n./de.su.ka.
最拿手的歌是什麼？

なに がっき ひ
何か楽器は弾けますか？
na.ni.ka./ga.kki.wa./hi.ke.ma.su.ka.
你會什麼樂器嗎？

【還可以這麼回答】

うた うた す
歌を歌うことが好きです。
u.ta.o./u.ta.u./ko.to.ga./su.ki./de.su.
喜歡唱歌。

ちい ころ なら
小さい頃からバイオリンを習っています。
chi.i.sa.i./ko.ro./ka.ra./ba.i.o.ri.n.o./na.ra.tte./
i.ma.su.
小時候學過小提琴。

なんてすばらしいコンサートなの！
na.n.te./su.ba.ra.shi.i./ko.n.sa.a.to./na.no.
這演唱會實在是太棒了。

きょく
この曲は、とてもかっこいいです。
ko.no./kyo.ku.wa./to.te.mo./ka.kko.i.i./de.su.
這首歌好酷喔。

きょく き かんどう
この曲を聴いて感動しました。
ko.no./kyo.ku.o./ki.i.te./ka.n.do.u.shi.ma.shi.ta.
這首歌聽了好感動。

よるおそ うた つづ こえ で
夜遅くまで歌い続けて、声が出なくなって
しまいました。
yo.ru.o.so.ku./ma.de./u.ta.i.tsu.zu.ke.te./ko.e.ga./
de.na.ku.na.tte./shi.ma.i.ma.shi.ta.
連續唱到很晚，都沒聲音了。

個人生活篇

問候篇

食衣住行篇

娛樂篇

場合篇

文化環境篇

戲劇

【對話練習】

A：今はどんな演目をやっていますか？
i.ma.wa./do.n.na./e.n.mo.ku.o./ya.tte./i.ma.
su.ka.
現在上演什麼劇？

B：アラジンです。
a.ra.ji.n./de.su.
阿拉丁。

A：パンフレットは、どこに売ってい
ますか？
pa.n.fu.re.tto.wa./do.ko.ni./u.tte./i.ma.su.ka.
哪裡可以買到節目冊？

A：開演時間に遅れてしまって。入場
できますか？
ka.i.e.n.ji.ka.n.ni./o.ku.re.te./shi.ma.tte./nyu.
u.jo.u./de.ki.ma.su.ka.
我不小心遲到了，可以進場嗎？

B：はい、ご案内させていただきます。

ha.i./go.a.n.na.i./sa.se.te./i.ta.da.ki.ma.su.
可以的，我為您帶路。

【還可以這麼開頭】

好きな映画俳優か女優さんはいますか？
su.ki.na./e.i.ga.ha.i.yu.u.ka./jo.yu.u.sa.n.wa./i.ma.
su.ka.
有喜歡的電影男或女演員嗎？

その舞台には誰が出演していますか？
so.no./bu.ta.i.ni.wa./da.re.ga./shu.tsu.e.n.shi.te./
i.ma.su.ka.
那齣劇有哪些人演出？

歌舞伎を一度見てみたいです。
ka.bu.ki.o./i.chi.do./mi.te./mi.ta.i./de.su.
想看一次歌舞伎。

お笑いのライブを観に行くのは楽しいで
す。
o.wa.ra.i.no./ra.i.bu.o./mi.ni./i.ku./no.wa./ta.no.
shi.i./de.su.
去看搞笑藝人的演出很開心。

ブロードウエイのミュージカルを見に行
ったことがありますか？
bu.ro.o.do.u.e.i.no./myu.ji.ka.ru.o./mi.ni./i.tta./
ko.to.ga./a.ri.ma.su.ka.
去看過百老匯音樂劇嗎？

個人生活篇

問候篇

食衣住行篇

娛樂篇

場合篇

文化環境篇

【還可以這麼回答】

お芝居がとても好きです。
o.shi.ba.i.ga./to.te.mo./su.ki./de.su.
很熱愛演戲。

夢はミュージカルの舞台に立つことです。
yu.me.wa./my.u.ji.ka.ru.no./bu.ta.i.ni./ta.tsu./ko.to./de.su.
夢想是站上音樂劇舞台。

１０回以上このショーを観ましたわ。
ju.kka.i./i.jo.u./ko.no./sho.o.o./mi.ma.shi.ta.wa.
這齣劇我已經看了 10 次以上了。

とても素晴らしい舞台でした。
to.te.mo./su.ba.ra.shi.i./bu.ta.i./de.shi.ta.
非常傑出的表演。

スタンディングオベーションがありました。
su.ta.n.di.n.gu.o.pe.e.sho.n.ga./a.ri.ma.shi.ta.
觀眾都起立鼓掌了。

最後列の席に座ってください。
sa.i.ko.u.re.tsu.no./se.ki.ni./su.wa.tte./ku.da.sa.i.
請坐在最後一列的位子。

展演購票

【對話練習】

A：今回のミュージカルは申し込みま
　　したか？

ko.n.kai.no./my.u.ji.ka.ru.wa./mo.u.shi.ko.mi.
ma.shi.ta.ka.

你參加這次音樂劇抽票了嗎？

B：いいえ、まだです。田中さんは？

i.i.e./ma.da.de.su./ta.na.ka.sa.n.wa.

不，還沒。田中先生呢？

A：エントリーしましたが、当たる気
　　がしないんです。

e.n.to.ri.i./shi.ma.shi.ta.ga./a.ta.ru./ki.ga./shi.
na.i.n./de.su.

我申請了，但覺得不會中。

B：大人気な演目ですものね。

da.i.ni.n.ki.na./e.n.mo.ku./de.su./mo.no.ne.

畢竟是很熱門的劇呢。

A：落選になってしまいそうで心配な
　　んです。

ra.ku.se.n.ni./na.tte./shi.ma.i.so.u.de./shi.
n.pa.i./na.n./de.su.

感覺不會抽中，好擔心喔。

個人生活篇

問候篇

食衣住行篇

娛樂篇

場合篇

文化環境篇

【還可以這麼開頭】

チケット売り場はどこですか？
chi.ke.tto./u.ri.ba.wa./do.ko./de.su.ka.
售票處在哪裡？

当日券をここで買えますか？
to.u.ji.tsu.ke.n.o./ko.ko.de./ka.e.ma.su.ka.
這裡可以買到當日券嗎？

これはチケット購入の列ですか？
ko.re.wa./chi.ke.tto./ko.u.nyu.u.no./re.tsu./de.su.
ka.
這是買票的排隊隊伍嗎？

どのサイトから申し込みできますか？
do.no./sa.i.to./ka.ra./mo.u.shi.ko.mi.de.ki.ma.su.
ka.
可以從哪個網站申請呢？

一番前の席はいくらですか？
i.chi.ba.n./ma.e.no./se.ki.wa./i.ku.ra./de.su.ka.
最前面的位子是多少錢？

割引はありますか？
wa.ri.bi.ki.wa./a.ri.ma.su.ka.
有折扣嗎？

174

【還可以這麼回答】

明日は当落お知らせの日です。
a.shi.ta.wa./to.u.ra.ku./o.shi.ra.se.no.hi./de.su.
明天是公布抽票結果的日子。

チケットが外れてしまいました。
chi.ke.tto.ga./ha.zu.re.te./shi.ma.i.ma.shi.ta.
抽票落選了。

チケットが当たりました。
chi.ke.tto.ga./a.ta.ri.ma.shi.ta.
抽中票了。

6時のショーのチケット2枚お願いします。
ro.ku.ji.no./sho.o.no./chi.ke.tto./ni.ma.i./o.ne.
ga.i.shi.ma.su.
請給我2張6點表演的票。

真ん中あたりの席はありますか？
ma.n.na.ka./a.ta.ri.no./se.ki.wa./a.ri.ma.su.ka.
還有正中間的位子嗎？

当たりますように。
a.t.ari.ma.su./yo.u.ni.
希望能抽中。

個人生活篇

問候篇

食衣住行篇

娛樂篇

場合篇

文化環境篇

175

美髮

【對話練習】

A：髪を切りましたか？
ka.mi.o./ki.ri.ma.shi.ta.ka.
你剪頭髮了嗎？

B：はい、思い切り切っちゃいました。
ha.i./o.mo.i.ki.ri./ki.ccha.i.ma.shi.ta.
是啊，心一橫剪了。

A：とても似合っていますよ。
to.te.mo./ni.a.tte./i.ma.su.yo.
很適合你喔。

A：今日は学校に行きたくないな。
kyo.u.wa./ga.kko.u.ni./i.ki.ta.ku.na.i.na.
今天不想去學校啊。

B：体調でも悪いの？
ta.i.cho.u.de.mo./wa.ru.i.no.
不舒服嗎？

A：ううん。髪型が決まらないの。
u.u.n./ka.mi.ga.ta.ga./ki.ma.ra.na.i.no.
不是，因為頭髮一直弄不好。

【還可以這麼開頭】

かみがた か
髪型を変えましたか？
ka.mi.ga.ta.o./ka.e.ma.shi.ta.ka.
換髮型了嗎？

かみ いろ か
髪の色を変えましたか？
ka.mi.no./i.ro.o./ka.e.ma.shi.ta.ka.
換髮色了嗎？

かみがた か
髪型を変えましたね。
ka.mi.ga.ta.o./ka.e.ma.shi.ta.ne.
換髮型了啊。

かみがた す
どんな髪型が好きですか？
do.n.na./ka.mi.ga.ta.ga./su.ki./de.su.ka.
喜歡什麼樣的髮型呢？

あたら かん
新しいスタイルはとてもいい感じですよ。
a.ta.ra.shi.i./su.ta.i.ru.wa./to.te.mo./i.i./ka.n.ji./
de.su.yo.
新造型很不錯喔。

きのうかみ そ
昨日髪を染めました。
ki.no.u./ka.mi.o./so.me.ma.shi.ta.
昨天染了髮。

個人生活篇

問候篇

食衣住行篇

娛樂篇

場合篇

文化環境篇

【還可以這麼表達】

くせ毛に困ってます。
ku.se.ge.ni./ko.ma.tte./ma.su.
為自然捲而煩惱。

毎日髪を洗わないほうがいいらしいです
よ。
ma.i.ni.chi./ka.mi.o./a.ra.wa.na.i./ho.u.ga./i.i./
ra.shi.i./de.su.yo.
聽說最好不要天天洗髮喔。

子供の髪を結ぶのが苦手です。
ko.do.mo.no./ka.mi.o./mu.su.bu.no.ga./ni.ga.te./
de.su.
不擅長幫小孩綁頭髮。

髪の毛がどんどん抜けていきます。
ka.mi.no.ke.ga./do.n.do.n./nu.ke.te./i.ki.ma.su.
頭髮一直掉。

最近、白髪が目立つようになってきまし
た。
sa.i.ki.n./shi.ra.ga.ga./me.da.tsu./yo.u.ni./na.tte./
ki.ma.shi.ta.
最近白髮變明顯了。

美髮沙龍

【對話練習】

A：今日はどうなさいますか？
kyo.u.wa./do.u./na.sa.i.ma.su.ka.
今天想弄什麼？

B：違うスタイルを試してみたいんです。
chi.ga.u./su.ta.i.ru.o./ta.me.shi.te./mi.ta.i.n./de.su.
我想試試不同的造型。

A：それなら、パーマはどうですか？
so.re.na.ra./pa.a.ma.wa./do.u./de.su.ka.
那要不要燙髮？

A：カットをお願いしたいです。
ka.tto.o./o.ne.ga.i.shi.ta.i./de.su.
我想剪髮。

B：どれくらい切りますか？
do.re.ku.ra.i./ki.ri.ma.su.ka.
要剪多短呢？

A：肩まで切ってもらえますか？
ka.ta./ma.de./ki.tte./mo.ra.e.ma.su.ka.
可以幫我剪到及肩嗎？

179

【還可以這麼開頭】

短いスタイルはどうですか？
mi.ji.ka.i./su.ta.i.ru.wa./do.u./de.su.ka.
短髮造型怎麼樣？

髪が少し傷んでいますね。
ka.mi.ga./su.ko.shi./i.ta.n.de./i.ma.su.ne.
頭髮有點受損了呢。

ヘアトリートメントはいかがですか？
he.a.to.ri.i.to.me.n.to.wa./i.ka.ga./de.su.ka.
要不要護髮？

パーマをかけたいのですが。
pa.a.ma.o./ka.ke.ta.i.no./de.su.ga.
我想燙髮。

分け目はどちらですか？真ん中、それとも
横ですか？
wa.ke.me.wa./do.chi.ra./de.su.ka./ma.n.na.ka./
so.re.to.mo./yo.ko./de.su.ka.
頭髮分邊是哪邊？正中還是旁邊？

スタイルブックを見せてもらいますか？
su.ta.i.ru.bu.kku.o./mi.se.te./mo.ra.i.ma.su.ka.
可以讓我看看造型書嗎？

【還可以這麼回答】

切りそろえるくらいでお願いします。
ki.ri.so.ro.e.ru./ku.ra.i.de./o.ne.ga.i.shi.ma.su.
幫我修一下。

前髪を作りたいです。
ma.e.ga.mi.o./tsu.ku.ri.ta.i./de.su.
想剪瀏海。

髪の色を変えたいです。
ka.mi.no./i.ro.o./ka.e.ta.i./de.su.
想換髮色。

少し軽くしたいのですが。
su.ko.shi./ka.ru.ku./shi.ta.i.no./de.su.ga.
想打薄。

くせ毛なので、ストレートパーマをかけて
ほしいのですが。
ku.se.ge./na.no.de./su.to.re.e.to.pa.a.ma.o./ka.ke.
te./ho.shi.i.no./de.su.ga.
因為有自然捲，所以想要燙直。

長さは変えたくありません。
na.ga.sa.wa./ka.e.ta.ku./a.ri.ma.se.n.
不想改變長度。

個人生活篇

問候篇

食衣住行篇

娛樂篇

場合篇

文化環境篇

美妝

【對話練習】

A：何かお探しの商品がありますか？
na.ni.ka./o.sa.ga.shi.no./sho.u.hi.n.ga./a.ri.ma.su.ka.
在找什麼呢？

B：マスカラを探しています。
ma.su.ka.ra.o./sa.ga.shi.te./i.ma.su.
我在找睫毛膏。

A：敏感肌なんです。
bi.n.ka.n.ha.da./na.n./de.su.
我是敏感性皮膚。

B：オーガニックの化粧品を試してみてはいかがですか？
o.o.ga.ni.kku.no./ke.sho.u.hi.n.o./ta.me.shi.te./mi.te.wa./i.ka.ga./de.su.ka.
要不要試試有機化粧品？

A：つけてみていいですか？
tsu.ke.te./mi.te./i.i.de.su.ka.
可以擦看看嗎？

【還可以這麼表達】

この色はいかがですか？
ko.no./i.ro.wa./i.ka.ga./de.su.ka.
這個顏色怎麼樣？

肌の赤みを消す一番の方法って何ですか？
ha.da.no./a.ka.mi.o./ke.su./i.chi.ba.n.no./ho.u.ho.u.tte./na.n./de.su.ka.
想消除皮膚泛紅最好的方法是什麼？

私に似合うかどうか分からないんです。
wa.ta.shi.ni./ni.a.u.ka.do.u.ka./wa.ka.ra.na.i.n./de.su.
不知道適不適合我。

化粧直しに使えるマスカラを探してます。
ke.sho.u.na.o.shi.ni./tsu.ka.e.ru./ma.su.ka.ra.o./sa.ga.shi.te./ma.su.
我在找補妝能用的睫毛膏。

この色はお客様の肌の色によく合います。
ko.no./i.ro.wa./o.kya.ku.sa.ma.no./ha.da.no./i.ro.ni./yo.ku./a.i.ma.su.
這個顏色和您的膚色很合。

個人生活篇

問候篇

食衣住行篇

娛樂篇

場合篇

文化環境篇

【還可以這麼表達】

かのじょ けしょう こ
彼女は化粧が濃いね。
ka.no.jo.wa./ke.sho.u.ga./ko.i.ne.
她的妝真濃。

わたし けしょう
私は化粧はしていません。
wa.ta.shi.wa./ke.sho.u.wa./shi.te./i.ma.se.n.
我沒化妝。

けしょう だいたいごふん
化粧をするのに大体 5 分かかります。
ke.sho.u.o./su.ru.no.ni./da.i.ta.i./go.fu.n./ka.ka.
ri.ma.su.
通常花 5 分鐘化妝。

けしょう かなら まゆげ か
化粧をしなくても、必ず眉毛を描きます。
ke.sho.u.o./shi.na.ku.te.mo./ka.na.ra.zu./ma.yu.
ge.o./ka.ki.ma.su.
就算不化妝也會畫眉毛。

けしょうなお
お化粧直しをしたいです。
o.ke.sho.u.na.o.shi.o./shi.ta.i./de.su.
想要補妝。

こな み
メイクアップが粉っぽく見えちゃう。
me.i.ku.a.ppu.ga./ko.na.ppo.ku./mi.e.cha.u.
妝容看起來很浮粉。

時尚服裝

【對話練習】

A：これが最近流行りのファッション
みたいだね。
ko.re.ga./sa.i.ki.n./ha.ya.ri.no./fa.ssho.n./
mi.ta.i./da.ne.
這好像是最近流行的打扮。

B：すてき！私も着てみようかな。
su.te.ki./wa.ta.shi.mo./ki.te.mi.yo.u.ka.na.
真棒！我也試試好了。

A：きっと似合うよ。
ki.tto./ni.a.u.yo.
一定會很適合。

A：新しいコート買ったの？形がすご
くいい。
a.ta.ra.shi.i./ko.o.to./ka.tta.no./ka.ta.chi.ga./
su.go.ku./i.i.
你買了新外套嗎？版型很棒呢。

B：ありがとう。なんか今流行ってる
んだって。
a.ri.ga.to.u./na.n.ka./i.ma./ha.ya.tte.ru.n./
da.tte.
謝謝。聽說是現在流行的。

個人生活篇　問候篇　食衣住行篇　娛樂篇　場合篇　文化環境篇

185

【還可以這麼表達】

ファッションに詳しいですね。
fa.ssho.n.ni./ku.wa.shi.i./de.su.ne.
你對時尚流行很了解呢。

これがアメリカでの最近の流行りですよ。
ko.re.ga./a.me.ri.ka.de.no./sa.i.ki.n.no./ha.ya.ri./
de.su.yo.
這是美國最近流行的喔。

このバッグをどこに行っても見かけます。
ko,no./ba.ggu.o./do.ko.ni./i.tte.mo./mi.ka.ke.ma.
su.
走到哪都會看到這包包。

90年代のものが今また流行していま
す。
kyu.u.ju.u.ne.n.da.i.no./mo.no.ga./i.ma./ma.ta./
ryu.u.ko.u.shi.te./i.ma.su.
90年代的東西現在又流行了。

いつもおしゃれですね。
i.tsu.mo./o.sha.re./de.su.ne.
總是特別有型呢。

【還可以這麼表達】

色の組み合わせがいいですね。
i.ro.no./ku.mi.a.wa.se.ga./i.i./de.su.ne.
這個顏色的組合很棒呢。

質感がいいですよね。
shi.tsu.ka.n.ga./i.i./de.su.yo.ne.
質感很棒吧。

これなら毎日でも着られます。
ko.re.na.ra./ma.i.ni.chi.de.mo./ki.ra.re.ma.su.
這個的話每天都能穿。

いつも少ない服で着回してます。
i.tsu.mo./su.ku.na.i./fu.ku.de./ki.ma.wa.shi.te./
ma.su.
總是用很少的衣服穿搭。

この新しいデザインは要チェックです。
ko.no./a.ta.ra.shi.i./de.za.i.n.wa./yo.u./che.kku./
de.su.
這個新設計必須了解一下。

流行りの服はあまり持っていません。
ha.ya.ri.no./fu.ku.wa./a.ma.ri./mo.tte./i.ma.se.n.
沒有什麼流行款的衣服。

個人生活篇

問候篇

食衣住行篇

娛樂篇

場合篇

文化環境篇

187

護膚

【對話練習】

A：お肌がきれいで滑らかですね。
o.ha.da.ga./ki.re.i.de./na.me.ra.ka./de.su.ne.
你的皮膚又好又光滑呢。

B：あら、うれしい。褒めてくれてあ
りがとう。
a.ra./u.re.shi.i./ho.me.te./ku.re.te./a.ri.ga.to.
u.
唉呀，真開心。謝謝你的誇獎。

A：普段何を使っていますか？
fu.da.n./na.ni.o./tsu.ka.tte./i.ma.su.ka.
平常用什麼(保養)呢？

B：日本製のスキンケアを使っている
んです。すごくいいんですよ。
ni.ho.n.se.i.no./su.ki.n.ke.a.o./tsu.ka.tte./i.ru.
n./de.su./su.go.ku./i.i.n./de.su.yo.
我用日本製的保養品。很棒喔。

A：どうりでお肌に艶がありますね。
do.u.ri.de./o.ha.da.ni./tsu.ya.ga./a.ri.ma.su.
ne.
難怪皮膚這麼有光澤。

【還可以這麼開頭】

昨日エステに行ってきました。
ki.no.u./e.su.te.ni./i.tte./ki.ma.shi.ta.
昨天去了護膚中心。

どのようなお手入れをご希望ですか？
do.no.yo.u.na./o.te.i.re.o./go.ki.bo.u./de.su.ka.
想做什麼樣的保養？

美白のお手入れを受けられますか？
bi.ha.ku.no./o.te.i.re.o./u.ke.ra.re.ma.su.ka.
可以做美白保養嗎？

シワを目立たなくできますか？
shi.wa.o./me.da.ta.na.ku./de.ki.ma.su.ka.
可以讓皺紋不明顯嗎？

背中にあるニキビのお手入れを受けたい
です。
se.na.ka.ni./a.ru./ni.ki.bi.no./o.te.i.re.o./u.ke.ta.i./
de.su.
想要治療背上的痘子。

傷があって。そこは避けてもらえますか？
ki.zu.ga./a.te./so.ko.wa./sa.ke.te./mo.ra.e.ma.
su.ka.
因為有傷口，可以幫我避開嗎？

個人生活篇

問候篇

食衣住行篇

娛樂篇

場合篇

文化環境篇

189

【還可以這麼回答】

スキンケアは何を使ってるんですか？
su.ki.n.ke.a.wa./na.ni.o./tsu.ka.tte.ru.n./de.su.ka.
平時用什麼保養品呢？

あなたみたいな肌がほしいな。
a.na.ta./mi.ta.i.na./ha.da.ga./ho.shi.i.na.
真想擁有和你一樣的膚質。

お肌がすべすべしていますね。
o.ha.da.ga./su.be.su.be./shi.te./i.ma.su.ne.
皮膚很光滑呢。

洗顔の後に必ず乳液をつけます。
se.n.ga.n.no./a.to.ni./ka.na.ra.zu./nyu.u.e.ki.o./tsu.ke.ma.su.
洗臉後一定會擦乳液。

毎日パックします。
ma.i.ni.chi./pa.kku./shi.ma.su.
每天都會敷臉。

外出には日焼け止めを塗っています。
ga.i.shu.tsu./ni.wa./hi.ya.ke.do.me.o./nu.tte./i.ma.su.
外出時一定會擦防晒。

整型

【對話練習】

A：この人だれ？
ko.no./hi.to./da.re.
那個人是誰？

B：昨日見た映画のヒロインよ。
ki.no.u./mi.ta./e.i.ga.no./hi.ro.i.n.yo.
昨天看的那部電影的女主角啊。

A：うそ？うわ、もはや誰だか分からない。
u.so./u.wa./mo.ha.ya./da.re.da.ka./wa.ka.ra.na.i.
騙人，哇，都快認不出是誰了。

B：整形のやりすぎかもね。
se.i.ke.i.no./ya.ri.su.gi./ka.mo.ne.
可能整型過頭了吧。

A：もとはかわいかったのにね。誰か止めてあげないと。
mo.to.wa./ka.wa.i.ka.tta./no.ni.ne./da.re.ka./to.me.te./a.ge.na.i.to.
明明原本很可愛的。要有人來勸阻她才行。

個人生活篇

問候篇

食衣住行篇

娛樂篇

場合篇

文化環境篇

【還可以這麼表達】

かれ いま せいけい おも
彼は今まで整形してないと思うけど。
ka.re.wa./i.ma.ma.de./se.i.ke.i.shi.te./na.i.to./
o.mo.u./ke.do.
我覺得他至今都沒整型。

かのじょ ふたえ
どうやら彼女は二重まぶたにしたみたい。
do.u.ya.ra./ka.no.jo.wa./fu.ta.e./ma.bu.ta.ni./shi.
ta./mi.ta.i.
看來她是割了雙眼皮。

かのじょ くちびる ふしぜん
彼女は唇がすごく不自然だわ。
ka.no.jo.wa./ku.chi.bi.ru.ga./su.go.ku./fu.shi.
ze.n./da.wa.
她的嘴唇很不自然呢。

かのじょ ぜったい むね おお
彼女は絶対に胸を大きくしたね。
ka.no.jo.wa./ze.tta.i.ni./mu.ne.o./o.o.ki.ku./shi.
ta.ne.
她一定隆乳了。

ともだち わか み
友達が若く見せるために顔のしわとりを
かお
やったって。
to.mo.da.chi.ga./wa.ka.ku.mi.se.ru./ta.me.ni./
ka.o.no./shi.wa.to.ri.o./ya.tta./tte.
我朋友為了看起來年輕點，做了除皺手術。

【還可以這麼表達】

自然<ruby>し<rt>しぜん</rt></ruby>にあんな風<ruby>ふう<rt>ふう</rt></ruby>になるなんてありえない。
shi.ze.n.ni./a.n.na.fu.u.ni./na.ru.na.n.te./a.ri.e.na.i.
自然變成那樣是不可能的。

彼女<ruby>かのじょ<rt>かのじょ</rt></ruby>は目<ruby>め<rt>め</rt></ruby>の整形<ruby>せいけい<rt>せいけい</rt></ruby>をしました。
ka.no.jo.wa./me.no./se.i.ke.i.o/shi.ma.shi.ta.
她整了眼睛。

あの人<ruby>ひと<rt>ひと</rt></ruby>は整形<ruby>せいけい<rt>せいけい</rt></ruby>した気<ruby>き<rt>き</rt></ruby>がする。
a.no.hi.to.wa./se.i.ke.i.shi.ta./ki.ga.su.ru.
我覺得那人整型了。

プチ整形<ruby>せいけい<rt>せいけい</rt></ruby>くらいは全然<ruby>ぜんぜん<rt>ぜんぜん</rt></ruby>オッケーだな。
pu.chi.se.i.ke.i./ku.ra.i.wa./ze.n.ze.n./o.kke.e./
da.na.
只是微整型完全沒關係喔。

正直<ruby>しょうじき<rt>しょうじき</rt></ruby>、プチ整形<ruby>せいけい<rt>せいけい</rt></ruby>には反対<ruby>はんたい<rt>はんたい</rt></ruby>じゃない。
sho.u.ji.ki./pu.chi.se.i.ke.i.ni.wa./ha.n.ta.i./ja.na.i.
老實說，我不反對微整型。

きれいになるためにプチ整形<ruby>せいけい<rt>せいけい</rt></ruby>を受<ruby>う<rt>う</rt></ruby>けた。
ki.re.i.ni./na.ru.ta.me.ni./pu.chi.se.i.ke.i.o./u.ke.ta.
為了變美而去微整型。

個人生活篇

問候篇

食衣住行篇

娛樂篇

場合篇

文化環境篇

網路

【對話練習】

A：ここに Wi-Fi はありますか？
ko.ko.ni./wa.i.fa.i.wa./a.ri.ma.su.ka.
這裡有 Wi-Fi 嗎？

B：はい、テーブルの上に名前とパス
ワードが書いてあります。
ha.i./te.e.bu.ru.no./u.e.ni./na.ma.e.to./pa.su.
wa.a.do.ga./ka.i.te./a.ri.ma.su.
有的，桌上有網域名稱和密碼。

A：Wi-Fi を使いたいのですが。
wa.i.fa.i.o./tsu.ka.i.ta.i.no./de.su.ga.
我想用 Wi-Fi。

B：申し訳ございません。Wi-Fi はござ
いません。
mo.u.shi.wa.ke./go.za.i.ma.se.n./wa.i.fa.i.wa./
go.za.i.ma.se.n.
很抱歉，這裡沒有 Wi-Fi。

A：無料で使える場所はありますか？
mu.ryo.u.de./tsu.ka.e.ru./ba.sho.wa./a.ri.
ma.su.ka.
有可以用免費 Wi-Fi 的地方嗎？

【還可以這麼開頭】

むりょう
無料 Wi-Fi が使える場所を教えていただけ
ますか？
mu.ryo.u.wa.i.fa.i.ga./tsu.ka.e.ru./ba.sho.o./o.shi.
e.te./i.ta.da.ke.ma.su.ka.

可以告訴我哪裡有免費 Wi-Fi 嗎？

のこ
残りのデータ通信量は確認できますか？
no.ko.ri.no./de.e.ta.tsu.u.shi.n.ryo.u.wa./ka.ku.
ni.n.de.ki.ma.su.ka.

可以確認剩餘的數據通信量嗎？

おそ
ネットが遅くないですか？
ne.tto.ga./o.so.ku.na.i./de.su.ka.

網路是不是很慢？

おし
Wi-Fi のパスワードを教えてもらえます
か？
wa.i.fa.i.no./pa.su.wa.a.do.o./o.shi.e.te./mo.ra.
e.ma.su.ka.

可以告訴我 Wi-Fi 密碼嗎？

いちにちなんじかん
インターネットは 1 日何時間ぐらいしま
すか？
i.n.ta.a.ne.tto.wa./i.chi.ni.chi./na.n.ji.ka.n./gu.ra.
i./shi.ma.su.ka.

1 天花幾小時上網？

個人生活篇

問候篇

食衣住行篇

娛樂篇

場合篇

文化環境篇

【還可以這麼回答】

オンラインのレッスンを受けています。
o.n.ra.i.n.no./re.ssu.n.o./u.ke.te./i.ma.su.
正在上線上課程。

今月もギガが足りなくなっちゃいました。
ko.n.ge.tsu.mo./gi.ga.ga./ta.ri.na.ku./na.ccha.
i.ma.shi.ta.
這個月的上網通信額度又不夠了。

インターネットが繋がりません。
i.n.ta.a.ne.tto.ga./tsu.na.ga.ri.ma.se.n.
連不上網路。

ここは電波がよく途切れますね。
ko.ko.wa./de.n.pa.ga./yo.ku./to.gi.re.ma.su.ne.
這裡常常斷訊呢。

ネットがないと家族と連絡を取れません。
ne.tto.ga./na.i.to./ka.zo.ku.to./re.n.ra.ku.o./to.re.
ma.se.n.
沒網路就不能和家人聯絡。

今日ほとんど1日中ネットしてました。
kyo.u./ho.to.n.do./i.chi.ni.chi.ju.u./ne.tto./shi.te./
ma.shi.ta.
今天幾乎整天都在上網。

電玩

【對話練習】

A：趣味は何ですか？
shu.mi.wa./na.n./de.su.ka.
你的興趣是什麼？

B：ゲームが好きで今ハマっているの
はスマホのゲームアプリです。
ge.e.mu.ga./su.ki.de./i.ma./ha.ma.tte./i.ru./
no.wa./su.ma.ho.no./ge.e.mu.a.pu.ri./de.su.
我喜歡電玩。現在迷上了手機遊戲。

A：いけない、充電が切れそう。
i.ke.na.i./ju.u.de.n.ga./ki.re.so.u.
糟了，手機快沒電了。

B：どうして？まだ朝の10時なのに。
do.u.shi.te./ma.da./a.sa.no./ju.u.ji./na.no.ni.
怎麼會，現在才早上10點啊。

A：携帯でいっぱいゲームをしたから
さ。
ke.i.ta.i.de./i.ppa.i./ge.e.mu.o./shi.ta./ka.ra.
sa.
因為一直用手機玩遊戲。

【還可以這麼表達】

オンラインのゲームじゃなくて、シンプル
なゲームがしたいです。
o.n.ra.i.n.no./ge.e.mu./ja.na.ku.te./shi.n.pu.ru.na./
ge.e.mu.ga./shi.ta.i./de.su.
不想玩線上遊戲而是想玩簡單的電玩。

対戦ゲームが好きです。
ta.i.se.n.ge.e.mu.ga./su.ki./de.su.
喜歡對戰遊戲。

今の子どもたちはゲーム機で遊ぶのが好
きですね。
i.ma.no./ko.do.mo.ta.chi.wa./ge.e.mu.ki.de./a.so.
bu.no.ga./su.ki./de.su.ne.
現在的孩子喜歡玩遊戲機。

また新しいゲームソフトを買っちゃった。
ma.ta./a.ta.ra.shi.i./ge.e.mu.so.fu.to.o./ka.ccha.
tta.
又買了新遊戲。

おすすめのスマホゲームを教えて。
o.su.su.me.no./su.ma.ho.ge.e.mu.o./o.shi.e.te.
請推薦我手遊。

【還可以這麼表達】

まい
参った。
ma.i.tta.
我認輸了。

またやってしまった。
ma.ta./ya.tte./shi.ma.tta.
又搞砸了。

ゲームをしながら寝ちゃって、起きたらも
あさ
う朝だった。
ge.e.mu.o./shi.na.ga.ra./ne.cha.tte./o.ki.ta.ra./
mo.u./a.sa./da.tta.
玩著遊戲就睡著了，醒來已經是早上。

もう落ちるよ。
mo.u./o.chi.ru.yo.
我要關機了。

りせき
離席するね。
ri.se.ki.su.ru.ne.
我離開位子一下。

だれ
誰にパーティーリーダーを渡したらい
い？
da.re.ni./pa.a.ti.i.ri.i.da.a.o./wa.ta.shi.ta.ra./i.i.
要把隊長的任務交給誰？

個人生活篇

問候篇

食衣住行篇

娛樂篇

場合篇

文化環境篇

199

手機

【對話練習】

A：今朝連絡がつかなかったんだけど。
けさ れんらく
ke.sa./re.n.ra.ku.ga./tsu.ka.na.ka.tta.n./
da.ke.do.
早上聯絡不上你。

B：ごめん。バッテリーが切れちゃっ
てたのよ。
き
go.me.n./ba.tte.ri.i.ga./ki.re.cha.tte.ta./
no.yo.
對不起，手機沒電了。

A：スマホの調子を見てくれない？
ちょうし み
su.ma.ho.no./cho.u.shi.o./mi.te./ku.re.na.i.
可以幫我看一下手機怎麼了嗎？

B：ずいぶん古い機種だね。
ふる きしゅ
zu.i.bu.n./fu.ru.i./ki.shu./da.ne.
這型號很舊了呢。

A：そうなの。動作が重くてイライラ
どうさ おも
しちゃった。
so.u.na.no./do.u.sa.ga./o.mo.ku.te./i.ra.i.ra./
shi.cha.tta.
是啊，速度很慢讓人心浮氣躁。

【還可以這麼開頭】

じゅうでん
充電できるコンセントはありますか？
ju.u.de.n.de.ki.ru./ko.n.se.n.to.wa./a.ri.ma.su.ka.
有沒有能充電的插座。

あたら　　きしゅ　へんこう
新しい機種に変更したいです。
a.ta.ra.shi.i./ki.shu.ni./he.n.ko.u.shi.ta.i./de.su.
想換新機種。

でんわ　と
電話が止められた。
de.n.wa.ga./to.me.ra.re.ta.
電話被停了。

つうしんせんよう
データー通信専用の SIM カードはありま
すか？
de.e.ta.a.tsu.u.shi.n.se.n.yo.u.no./shi.mu.ka.a.do.
wa./a.ri.ma.su.ka.
有手機上網專用的 SIM 卡嗎？

でんぱ　わる
電波が悪いです。
de.n.pa.ga./wa.ru.i./de.su.
訊號不良。

たてもの　なか　　でんぱ
この建物の中では電波がないんですか？
ko.no./ta.te.mo.no.no./na.ka./de.wa./de.n.pa.ga./
na.i.n./de.su.ka.
這棟建築裡沒有訊號嗎？

個人生活篇
問候篇
食衣住行篇
娛樂篇
場合篇
文化環境篇

【還可以這麼回答】

携帯料金の支払いを忘れちゃった。
けいたいりょうきん　しはら　　わす
ke.i.ta.i.ryo.u.ki.n.no./shi.ha.ra.i.o./wa.su.re.cha.
tta.
忘了繳電話費。

私のモバイルバッテリーを使ってもいい
わたし　　　　　　　　　　　　　　　　つか
ですよ。
wa.ta.shi.no./mo.ba.i.ru.ba.tte.ri.i.o./tsu.ka.tte.
mo./i.i./de.su.yo.
可以用我的行動電源喔。

このスマホは使い勝手がいいです。
　　　　　　つか　かって
ko.no./su.ma.ho.wa./tsu.ka.i.ka.tte.ga./i.i./de.su.
這手機很好用。

いつも充電器を持ち歩いています。
　　　じゅうでんき　も　ある
i.tsu.mo./ju.u.de.n.ki.o./mo.chi.a.ru.i.te./i.ma.su.
總是隨身帶著充電器。

充電が切れそうです。
じゅうでん　き
ju.u.de.n.ga./ki.re.so.u./de.su.
好像快沒電了。

旅行

【對話練習】

A：夏休(なつやす)みにどこに行(い)きますか？
na.tsu.ya.su.mi.ni./do.ko.ni./i.ki.ma.su.ka.
暑假要去哪裡呢？

B：イタリアに行(い)きたいですが、まだ
迷(まよ)っています。
i.ta.ri.a.ni./i.ki.ta.i./de.su.ga./ma.da./ma.yo.
tte./i.ma.su.
想去義大利但還在猶豫。

A：イタリアいいですね。
i.ta.ri.a./i.i./de.su.ne.
義大利是不錯的選擇呢。

B：でも1人(ひとり)だとちょっと不安(ふあん)で。
de.mo./hi.to.ri.da.to./cho.tto./fu.a.n.de.
可是1個人去有點不安。

A：団体(だんたい)ツアーってどうですか？個人(こじん)
で行動(こうどう)するよりも安全(あんぜん)です。
da.n.ta.i.tsu.a.a.tte./do.u./de.su.ka./ko.ji.
n.de./ko.u.do.u.su.ru./yo.ri.mo./a.n.ze.n./
de.su.
要不要參加旅行團呢？比單獨行動安全了。

【還可以這麼開頭】

いつかアメリカに行ってみたいです。
i.tsu.ka./a.me.ri.ka.ni./i.tte./mi.ta.i./de.su.
希望有朝一日能去美國。

台湾は何度目ですか？
ta.i.wa.n.wa./na.n.do.me./de.su.ka.
這是第幾次來台灣？

低予算の旅行に行きたいです。
te.i.yo.sa.n.no./ryo.ko.u.ni./i.ki.ta.i./de.su.
想要試一次不太花錢的旅行。

入国時にビザ発行で旅行することができ
ます。
nyu.u.ko.ku.ji.ni./bi.za.ha.kko.u.de./ryo.ko.u.su.
ru./ko.to.ga./de.ki.ma.su.
入境時會核發落地簽就能進行觀光。

世界一周旅行したいです。
se.ka.i.i.sshu.u./ryo.ko.u.shi.ta.i./de.su.
想環遊世界。

旅行保険に加入しますか？
ryo.ko.u.ho.ke.n.ni./ka.nyu.u.shi.ma.su.ka.
要保旅遊險嗎？

【還可以這麼回答】

京都を訪れるのはこれが初めてなんです。
kyo.u.to.o./o.to.zu.re.ru./no.wa./ko.re.ga./ha.ji.me.te./na.n./de.su.
這是首次造訪京都。

週末は伊勢へバスで日帰り旅行に行きます。
shu.u.ma.tsu.wa./i.se.e./ba.su.de./hi.ga.e.ri.ryo.ko.u.ni./i.ki.ma.su.
週末要當天來回坐巴士去伊勢觀光。

アフリカの文化に興味があって、次の旅行はアフリカに行くことに決めました。
a.fu.ri.ka.no./bu.n.ka.ni./kyo.u.mi.ga./a.tte./tsu.gi.no./ryo.ko.u.wa./a.fu.ri.ka.ni./i.ku.ko.to.ni./ki.me.ma.shi.ta.
對非洲文化有興趣，決定下次旅行要去非洲。

ビザを申請しなければなりません。
bi.za.o./shi.n.se.i./shi.na.ke.re.ba./na.ri.ma.se.n.
要申請簽證才行。

個人旅行が好きです。
ko.ji.n.ryo.ko.u.ga./su.ki./de.su.
喜歡1個人旅行。

攝影

【對話練習】

A：写真を撮ってもらえませんか？
sha.shi.n.o./to.tte./mo.ra.e.ma.se.n.ka.
可以幫我拍照嗎？

B：もちろん、どこをタッチすればいいですか？
mo.chi.ro.n./do.ko.o./ta.cch.su.re.ba./i.i./de.su.ka.
當然，要按哪裡？

A：画面のこちらです。
ga.me.n.no./ko.chi.ra./de.su.
按畫面上這裡。

B：分かりました。じゃあ、はい、チーズ！
wa.ka.ri.ma.shi.ta./ja.a./ha.i./chi.i.zu.
了解。來，笑一個。

オッケーです。写真を確認しませんか？
o.kke.e.de.su./sha.shi.n.o./ka.ku.ni.n.shi.ma.se.n.ka.
好了，要看一下照片嗎？

【還可以這麼開頭】

ここで写真を撮ってもいいですか？
ko.ko.de./sha.shi.n.o./to.tte.mo./i.i./de.su.ka.
這裡可以拍照嗎？

一緒に写真を撮ってもらえませんか？
i.ssho.ni./sha.shi.n.o./to.tte./mo.ra.e.ma.se.n.ka.
可以和你合照嗎？

準備はいいですか？
ju.n.bi.wa./i.i./de.su.ka.
準備好了嗎？

フラッシュを焚いてもいいですか？
fu.ra.sshu.o./ta.i.te.mo./i.i./de.su.ka.
可以用閃光燈嗎？

背景に何を入れましょうか？
ha.i.ke.i.ni./na.ni.o./i.re.ma.sho.u.ka.
背景要拍到什麼？

この写真をよくする方法はありますか？
ko.no./sha.shi.n.o./yo.ku./su.ru./ho.u.ho.u.wa./
a.ri.ma.su.ka.
有什麼方法可以把這照片修好一點？

個人生活篇

問候篇

食衣住行篇

娛樂篇

場合篇

文化環境篇

【還可以這麼回答】

私は写真写りがよくないんです。
wa.ta.shi.wa./sha.shi.n.u.tsu.ri.ga./yo.ku.na.i.n./
de.su.
我很不上相。

彼女は写真写りがいいです。
ka.no.jo.wa./sha.shi.n.u.tsu.ri.ga./i.i./de.su.
她很上相。

いつもスマホで写真を撮っています。
i.tsu.mo./su.ma.ho.de./sha.shi.n.o./to.tte./i.ma.
su.
總是用手機拍照。

ピンボケ写真でした。
pi.n.bo.ke.sha.shi.n./de.shi.ta.
糊焦了。

もう1枚お願いします。
mo.u.i.chi.ma.i./o.ne.ga.i.shi.ma.su.
再拍一張。

旅行用の三脚を持ち歩きます。
ryo.ko.u.yo.u.no./sa.n.kya.ku.o./mo.chi.a.ru.ki.ma.
su.
隨身帶著旅行用的三腳架。

寵物

【對話練習】

A：ペットがほしいと思っていますが。
pe.tto.ga/ho.shi.i.to./o.mo.tte./i.ma.su.ga.
我想養寵物。

B：何を飼いたいですか？
na.ni.o/ka.i.ta.i./de.su.ka.
想養什麼呢？

A：まだ決まっていませんが、なんとなく猫とか好きです。
ma.da./ki.ma.tte./i.ma.se.n.ga./na.n.to.
na.ku./ne.ko.to.ka./su.ki./de.su.
還沒決定，但蠻喜歡貓的。

A：ペットは飼っていますか？
pe.tto.wa./ka.tte./i.ma.su.ka.
有養寵物嗎？

B：はい、猫を飼っています。まだ生まれて3ヶ月なんです。
ha.i./ne.ko.o./ka.tte./i.ma.su./ma.da./u.ma.
re.te./sa.n.ka.ge.tsu./na.n./de.su.
有的，養貓。才剛出生3個月。

個人生活篇

問候篇

食衣住行篇

娛樂篇

場合篇

文化環境篇

【還可以這麼開頭】

なん けんしゅ
何の犬種ですか？
na.n.no./ke.n.shu./de.su.ka.
是什麼種類的狗？

いぬは   ねこは
犬派ですか？それとも猫派ですか？
i.nu.ha./de.su.ka./so.re.to.mo./ne.ko.ha./de.su.ka.
你喜歡狗，還是喜歡貓？

                    か
どんなペットを飼いたいですか？
do.n.na./pe.tto.o./ka.i.ta.i./de.su.ka.
想養什麼寵物？

          ふく き
ペットに服を着せたりしますか？
pe.tto.ni./fu.ku.o./ki.se.ta.ri./shi.ma.su.ka.
會幫寵物穿衣服嗎？

いぬ ぜんぜん い
うちの犬は全然言うことを聞いてくれま
せん。
u.chi.no./i.nu.wa./ze.n.ze.n./i.u.ko.to.o./ki.i.te./
ku.re.ma.se.n.
我家的狗完全不聽我的話。

                    こま
トイレのしつけに困っています。
to.i.re.no./shi.tsu.ke.ni./ko.ma.tte./i.ma.su.
煩惱怎麼教牠上廁所。

【還可以這麼回答】

私が名付けました。
wa.ta.shi.ga./na.zu.ke.ma.shi.ta.
名字是我取的。

鳴き声が静かです。
na.ki.go.e.ga./shi.zu.ka./de.su.
叫聲很小。

臭いが少ないです。
ni.o.i.ga./su.ku.na.i./de.su.
沒什麼臭味。

なつきやすいです。
na.tsu.ki.ya.su.i./de.su.
很親人。

世話に手間がかかりません。
se.wa.ni./te.ma.ga./ka.ka.ri.ma.se.n.
不需要照顧。

毎日散歩に連れて行きます。
ma.i.ni.chi./sa.n.po.ni./tsu.re.te./i.ki.ma.su.
每天帶它去散步。

個人生活篇

問候篇

食衣住行篇

娛樂篇

場合篇

文化環境篇

211

絕無冷場

專為聊天準備的日語會話 Q&A

場合篇

居家對話 - 早晨

【對話練習】

A：もう起きる時間よ。
mo.u./o.ki.ru./ji.ka.n.yo.
起床的時間到了。

B：あと10分寝かせて。
a.to./ju.ppu.n./ne.ka.se.te.
再讓我睡10分鐘。

A：だめよ、学校に遅刻しちゃうよ。
da.me.yo./ga.kko.u.ni./chi.ko.ku.shi.cha.u.yo.
不行，上學會遲到喔。

A：おはよう、昨夜はよく眠れました
か？
o.ha.yo.u./yu.u.be.wa./yo.ku./ne.mu.re.ma.
shi.ta.ka.
早安，昨晚睡得好嗎？

B：はい、おかげさまで、ぐっすり眠
りました。
ha.i./o.ka.ge.sa.ma.de./gu.su.ri./ne.mu.ri.ma.
shi.ta.
嗯，託你的福一夜好眠。

個人生活篇
問候篇
食衣住行篇
娛樂篇
場合篇
文化環境篇

【還可以這麼開頭】

さぁ、起きて。
sa.a./o.ki.te.
來，起床吧。

そろそろベッドから出たら？
so.ro.so.ro./be.ddo.ka.ra./de.ta.ra.
差不多該起床了吧？

たっぷり寝て、とても調子がいいよ。
ta.ppu.ri./ne.te./to.te.mo./cho.u.shi.ga./i.i.yo.
睡得很飽狀況很好。

二度寝しちゃった。
ni.do.ne.shi.cha.tta.
不小心睡了回籠覺。

昨夜はよく寝られなかった。
yu.u.be.wa./yo.ku./ne.ra.re.na.ka.tta.
昨晚沒睡好。

寝過ごしちゃった。
ne.su.go.shi.cha.tta.
睡過頭了。

【還可以這麼回答】

した く
支度をしなきゃ。
shi.ta.ku.o./shi.na.kya.
要快準備才行。

かお あら　　　　 わす
顔を洗うのを忘れるところだった。
ka.o.o./a.ra.u./no.o./wa.su.re.ru./to.ko.ro./da.tta.
差點忘了洗臉。

き が　　　　 けしょう
着替えと化粧をしないと。
ki.ga.e.to./ke.sho.u.o./shi.na.i.to.
得換衣服和化妝才行。

じかん　 しごと　 おく
もうこんな時間？仕事に遅れちゃう。
mo.u./ko.n.na./ji.ka.n./shi.go.to.ni./o.ku.re.cha.u.
已經這麼晚了？上班要遲到了。

あさ　　　　　　 た　　 じかん
朝ごはんを食べる時間がないな。
a.sa.go.ha.n.o./ta.be.ru./ji.ka.n.ga./na.i.na.
沒時間吃早餐啊。

せ
急かさないで。
se.ka.sa.na.i.de.
別催我。

個人生活篇

問候篇

食衣住行篇

娛樂篇

場合篇

文化環境篇

居家對話 - 出發

【對話練習】

A：じゃあ、仕事に行ってくるね。
ja.a./shi.go.to.ni./i.tte./ku.ru.ne.
那我去上班了。

B：いってらっしゃい。
i.tte./ra.ssha.i.
路上小心。

A：もう出る時間よ。
mo.u./de.ru./ji.ka.n.yo.
該出門了。

B：あら、急がなきゃ。
a.ra./i.so.ga.na.kya.
唉呀，要快點才行。

A：今日はちょっと遅くなるかも。
kyo.u.wa./cho.tto./o.so.ku.na.ru./ka.mo.
今天說不定會晚一點回來。

B：夕飯を食べないなら、電話して。
yu.u.ha.no./ta.be.na.i./na.ra./de.n.wa.shi.te.
如果不回來吃晚餐的話就打個電話。

【還可以這麼開頭】

行ってきます。
i.tte./ki.ma.su.
我出發了。

もう行かなきゃ。
mo.u./i.ka.na.kya.
該出發了。

9時までには帰るよ。
ku.ji.ma.de.ni.wa./ka.e.ru.yo.
9點前會回來。

今日はちょっと帰りが遅くなるかも。
kyo.u.wa./cho.tto./ka.e.ri.ga./o.so.ku./na.ru./ka.
mo.
今天說不定會晚點回來。

どこに行くの？
do.ko.ni./i.ku.no.
要去哪裡？

着いたらまた連絡するね。
tsu.i.ta.ra./ma.ta./re.n.ra.ku.su.ru.ne.
到了會再和你聯絡。

個人生活篇

問候篇

食衣住行篇

娛樂篇

場合篇

文化環境篇

【還可以這麼回答】

気<ruby>き</ruby>をつけていってらっしゃい。
ki.o.tsu.ke.te./i.tte.ra.ssha.i.
路上小心。

楽<ruby>たの</ruby>しんでね。
ta.no.shi.n.de.ne.
玩得開心點。

忘<ruby>わす</ruby>れ物<ruby>もの</ruby>はない？
wa.su.re.mo.no.wa./na.i.
沒忘東西吧？

ついでにゴミを出<ruby>だ</ruby>してくれない？
tsu.i.de.ni./go.mi.o./da.shi.te./ku.re.na.i.
能不能順便幫我倒垃圾？

なるべく早<ruby>はや</ruby>く帰<ruby>かえ</ruby>ってきてね。
na.ru.be.ku./ha.ya.ku./ka.e.tte./ki.te.ne.
盡早回來喔。

傘<ruby>かさ</ruby>を持<ruby>も</ruby>っていったほうがいいよ。
ka.sa.o./mo.tte./i.tta./ho.u.ga./i.i.yo.
最好帶把傘去喔。

居家對話 - 歸來

【對話練習】

A：ただいま。
ta.da.i.ma.
我回來了。

B：あら、今日は早かったね。
a.ra./kyo.u.wa./ha.ya.ka.tta.ne.
唉呀，今天這麼早啊。

A：ただいま。
ta.da.i.ma.
我回來了。

B：おかえりなさい。
o.ka.e.ri.na.sa.i.
歡迎回來。

A：ただいま。病院から帰ってきたよ。
ta.da.i.ma./byo.u.i.n.ka.ra./ka.e.tte./ki.ta.yo.
我從醫院回來了。

B：どうだった？問題なかったか？
do.u.da.tta./mo.n.da.i.na.ka.tta.ka.
怎麼樣？沒問題吧？

個人生活篇

問候篇

食衣住行篇

娛樂篇

場合篇

文化環境篇

【還可以這麼開頭】

ただいま帰りました。
ta.da.i.ma./ka.e.ri.ma.shi.ta.
我回來了。

東京に帰ってきたよ。
to.u.kyo.u.ni./ka.e.tte./ki.ta.yo.
回到東京了。

おかえりなさい。
o.ka.e.ri.na.sa.i.
歡迎回來。

仕事はどうだった？
shi.go.to.wa./do.u.da.tta.
工作怎麼樣？

今日はどんな１日だった？
kyo.u.wa./do.n.na./i.chi.ni.chi./da.tta.
今天過得如何？

おかえり。今キッチンにいるわよ。
o.ka.e.ri./i.ma./ki.cchi.n.ni./i.ru.wa.yo.
歡迎回來。我在廚房喔。

220

【還可以這麼回答】

また飲んできたの？
ma.ta./no.n.de./ki.ta.no.
你又喝了酒才回來嗎？

門限をすぎてるよ。
mo.n.ge.n.o./su.gi.te.ru.yo.
已經過了門禁時間囉。

遅かったね。
o.so.ka.tta.ne.
還真晚呢。

おかえり。手を洗って。
o.ka.e.ri./te.o./a.ra.tte.
歡迎回來。快去洗手。

渋滞にはまらなかったの？
ju.u.ta.i.ni./ha.ma.ra.na.ka.tta.no.
沒遇上塞車吧？

待ってたよ。
ma.tte.ta.yo.
我等你很久了。

個人生活篇

問候篇

食衣住行篇

娛樂篇

場合篇

文化環境篇

居家對話 - 沐浴

【對話練習】

A：すごく疲れた。
su.go.ku./tsu.ka.re.ta.
好累喔。

B：仕事は大変だったね。
shi.go.to.wa./ta.i.he.n.da.tta.ne.
工作很辛苦呢。

A：早く帰ってお風呂に入りたい。
ha.ya.ku./ka.e.tte./o.fu.ro.ni./ha.i.ri.ta.i.
想快點回家洗個澡。

A：お風呂に浸からないの？
o.fu.ro.ni./tsu.ka.ra.na.i.no.
你不泡澡嗎？

B：いいえ、私はシャワーだけでいい。
i.i.e./wa.ta.shi.wa./sha.wa.a./da.ke.de./i.i.
不了，我沖澡就可以了。

A：本当に？リラックスできるよ。
ho.n.to.u.ni./ri.ra.kku.su.de.ki.ru.yo.
真的嗎？可以放鬆一下喔。

【還可以這麼表達】

先_{さき}にお風呂_{ふろ}に入_{はい}っていい？
sa.ki.ni./o.fu.ro.ni./ha.i.tte./i.i.
我可以先洗嗎？

お湯_ゆがぬるいね。
o.yu.ga./nu.ru.i.ne.
熱水不熱耶。

追_おい焚_だきしてくれない？
o.i.da.ki.shi.te./ku.re.na.i.
可以幫我加熱洗澡水嗎？

風呂_{ふろ}にバスソルトを入_いれといた。
fu.ro.ni./ba.su.so.ru.to.o./i.re.to.i.ta.
在浴缸裡加了浴鹽。

さっとシャワーを浴_あびる。
sa.tto./sha.wa.a.o./a.bi.ru.
快速地淋浴。

こういう天気_{てんき}だと長_{なが}めのお風呂_{ふろ}に入_{はい}りたくなるわ。
ko.u.i.u./te.n.ki.da.to./na.ga.me.no./o.fu.ro.ni./ha.i.ri.ta.ku./na.ru.wa.
這種天氣就想泡久一點的澡。

個人生活篇

問候篇

食衣住行篇

娛樂篇

場合篇

文化環境篇

【還可以這麼表達】

シャワーを浴びてさっぱりした。
sha.wa.a.o./a.bi.te./sa.ppa.ri./shi.ta.
沖了澡覺得舒爽多了。

早くドライヤーで髪を乾かして。
ha.ya.ku./do.ra.i.ya.a.de./ka.mi.o./ka.wa.ka.shi.te.
快點把頭髮吹乾。

タオルで体を拭く。
ta.o.ru.de./ka.ra.da.o./fu.ku.
用毛巾擦身體。

風呂上がりのビールは最高だね。
fu.ro.a.ga.ri.no./bi.i.ru.wa./sa.i.ko.u./da.ne.
泡澡之後的啤酒最棒了。

毎日お風呂に入って体を温めるようにしている。
ma.i.ni.chi./o.fu.ro.ni./ha.i.tte./ka.ra.da.o./a.ta.ta.me.ru./yo.u.ni./shi.te./i.ru.
每天都會泡澡讓身體暖和。

私が赤ちゃんをお風呂に入れようかな。
wa.ta.shi.ga./a.ka.cha.n.o./o.fu.ro.ni./i.re.yo.u./ka.na.
我來幫小嬰兒洗澡吧。

居家對話 - 就寢

【對話練習】

A：明日も早いから、そろそろ寝るか。
a.shi.ta.mo./ha.ya.i./ka.ra./so.ro.so.ro./ne.ru.ka.
明天也要早起，差不多該睡了。

B：うん、おやすみ。
u.n./o.ya.su.mi.
嗯，晚安。

A：明日は何時に起こせばいいの？
a.shi.ta.wa./na.n.ji.ni./o.ko.se.ba./i.i.no.
明天要幾點叫你起床？

B：仕事あるから、8時に起こしてくれる？
shi.go.to./a.ru./ka.ra./ha.chi.ji.ni./o.ko.shi.te./ku.re.ru.
因為有工作，可以8點叫我起床嗎？

A：いいよ。
i.i.yo.
沒問題。

個人生活篇

問候篇

食衣住行篇

娛樂篇

場合篇

文化環境篇

【還可以這麼表達】

おやすみなさい。
o.ya.su.mi.na.sa.i.
晚安。

もう寝なさい。
mo.u./ne.na.sa.i.
快去睡。

もう寝るの？
mo.u./ne.ru.no.
要睡了嗎？

いい夢見てね。
i.i./yu.me./mi.te.ne.
祝你好夢。

早めに寝たほうがいいね。
ha.ya.me.ni./ne.ta./ho.u.ga./i.i.ne.
早點睡比較好呢。

私も寝よう。
wa.ta.shi.mo./ne.yo.u.
我也去睡吧。

【還可以這麼表達】

なんか眠れなさそう。
na.n.ka./ne.mu.re.na.sa.so.u.
覺得會睡不著。

ぐっすり寝なさいね。
gu.ssu.ri./ne.na.sa.i.ne.
好好睡一覺。

よく眠ってね。
yo.ku./ne.mu.tte.ne.
好好睡一覺喔。

ちゃんと休んでね。
cha.n.to./ya.su.n.de.ne.
好好休息吧。

寝る前にスマホを見ないでね。
ne.ru./ma.e.ni./su.ma.ho.o./mi.na.i.de.ne.
睡覺前不要看手機喔。

電気を消して。
de.n.ki.o./ke.shi.te.
把燈關掉。

個人生活篇

問候篇

食衣住行篇

娛樂篇

場合篇

文化環境篇

227

校園會話 - 上學出席

【對話練習】

A：どうやって学校に通っていますか？
do.u.ya.tte./ga.kko.u.ni./ka.yo.tte./i.ma.su.ka.
都怎麼去上學？

B：歩いて通います。
a.ru.i.te./ka.yo.i.ma.su.
走路去上學。

A：では、出席を取ります。名前を呼んだら「はい」と返事をしてください。安倍。

de.wa./shu.sse.ki.o./to.ri.ma.su./na.ma.e.o./yo.n.da.ra./ha.i.to./he.n.ji.o./shi.te./ku.da.sa.i./a.be.
那開始點名。叫到名字的回答「有」。安倍同學。

B：はい。
ha.i.
有。

【還可以這麼表達】

<ruby>学校<rt>がっこう</rt></ruby>まで<ruby>何<rt>なん</rt></ruby>で<ruby>行<rt>い</rt></ruby>きますか？
ga.kko.u./ma.de./na.n.de./i.ki.ma.su.ka.
怎麼去學校的？

<ruby>学校<rt>がっこう</rt></ruby>が<ruby>遠<rt>とお</rt></ruby>くて<ruby>寮<rt>りょう</rt></ruby>に<ruby>住<rt>す</rt></ruby>んでいます。
ga.kko.u.ga./to.o.ku.te./ryo.u.ni./su.n.de./i.ma.su.
學校太遠了所以住在宿舍。

<ruby>彼<rt>かれ</rt></ruby>はずる<ruby>休<rt>やす</rt></ruby>みで<ruby>授業<rt>じゅぎょう</rt></ruby><ruby>欠席<rt>けっせき</rt></ruby>した。
ka.re.wa./zu.ru.ya.su.mi.de./ju.gyo.u.o./ke.sse.ki.shi.ta.
他找藉口休息沒去上課。

<ruby>悪<rt>わる</rt></ruby>いけど、<ruby>代返<rt>だいへん</rt></ruby>してくれない？
wa.ru.i./ke.do./da.i.he.n.shi.te./ku.re.na.i.
不好意思，可以幫我簽到嗎？

<ruby>出席<rt>しゅっせき</rt></ruby>は<ruby>授業<rt>じゅぎょう</rt></ruby>の<ruby>最初<rt>さいしょ</rt></ruby>に<ruby>取<rt>と</rt></ruby>ります。
shu.sse.ki.wa./ju.gyo.u.no./sa.i.sho.ni./to.ri.ma.su.
上課一開始的時候點名。

<ruby>田中<rt>たなか</rt></ruby>くんは<ruby>仮病<rt>けびょう</rt></ruby>なんじゃないの？
ta.na.ka.ku.n.wa./ke.byo.u./na.n.ja.na.i.no.
田中是裝病吧？

個人生活篇

問候篇

食衣住行篇

娛樂篇

場合篇

文化環境篇

【還可以這麼表達】

<ruby>学校<rt>がっこう</rt></ruby>が<ruby>遠<rt>とお</rt></ruby>いのでアパートを<ruby>借<rt>か</rt></ruby>りています。
ga.kko.u.ga./to.o.i./no.de./a.pa.a.to.o./ka.ri.te./
i.ma.su.
因為學校很遠，所以租了公寓。

<ruby>授業<rt>じゅぎょう</rt></ruby>をさぼってコンサートに<ruby>行<rt>い</rt></ruby>きたい。
ju.gyo.u.o./sa.bo.tte./ko.n.sa.a.to.ni./i.ki.ta.i.
想缺課去演唱會。

<ruby>来週<rt>らいしゅう</rt></ruby>は<ruby>休講<rt>きゅうこう</rt></ruby>です。
ra.i.shu.u.wa./kyu.u.ko.u./de.su.
下星期停課。

<ruby>先生<rt>せんせい</rt></ruby>に<ruby>何<rt>なに</rt></ruby>も<ruby>言<rt>い</rt></ruby>わず<ruby>学校<rt>がっこう</rt></ruby>を<ruby>休<rt>やす</rt></ruby>んだ。
se.n.se.i.ni./na.ni.mo./i.wa.zu./ga.kko.u.o./ya.su.
n.da.
沒跟老師說任何理由就缺課。

<ruby>彼女<rt>かのじょ</rt></ruby>は３<ruby>年間皆勤賞<rt>ねんかんかいきんしょう</rt></ruby>です。
ka.no.jo.wa./sa.n.ne.n.ka.n./ka.i.ki.n.sho.u./de.su.
她獲得３年全勤獎。

１<ruby>日<rt>にち</rt></ruby>も<ruby>休<rt>やす</rt></ruby>まず<ruby>学校<rt>がっこう</rt></ruby>に<ruby>通<rt>かよ</rt></ruby>っていました。
i.chi.ni.chi.mo./ya.su.ma.zu./ga.kko.u.ni./ka.yo.
tte./i.ma.shi.ta.
過去上學時１天也沒缺席。

校園會話 - 學科考試

【對話練習】

A：英検に合格しました。
e.i.ke.n.ni./go.u.ka.ku.shi.ma.shi.ta.
英檢合格了。

B：おめでとう。
o.me.de.to.u.
恭喜！

A：筆記試験に受かりました。
hi.kki.shi.ke.n.ni./u.ka.ri.ma.shi.ta.
通過筆試了。

B：すごい。さすがですね。
su.go.i./sa.su.ga./de.su.ne.
好棒，真不愧是你。

A：まだテスト勉強してるの？
ma.da./te.su.to./be.n.kyo.u.shi.te.ru.no.
還在準備考試嗎？

B：うん、ラストスパートをかけているんだ。
u.n./ra.su.to.su.pa.a.to.o./ka.ke.te./i.ru.n.da.
嗯，做最後衝刺。

個人生活篇

問候篇

食衣住行篇

娛樂篇

場合篇

文化環境篇

【還可以這麼開頭】

しけん べんきょう
試験の勉強しないと。
shi.ke.n.no./be.n.kyo.u.shi.na.i.to.
要準備考試才行。

いっしょ としょかん べんきょう
一緒に図書館で勉強しない？
i.ssho.ni./to.sho.ka.n.de./be.n.kyo.u.shi.na.i.
要不要一起去圖書館念書？

ひっしゅうかもく たんい お
必修科目の単位は落とせないんだ。
hi.sshu.u.ka.mo.ku.no./ta.n.i.wa./o.to.se.na.i.n.da.
必修的學分一定要拿到。

どう？合格できそう？
ごうかく
do.u./go.u.ka.ku.de.ki.so.u.
怎麼樣？能合格嗎？

すうがく
数学のテストはどうだった？
su.u.ga.ku.no./te.su.to.wa./do.u./da.tta.
數學考試怎麼樣？

しけん むずか
その試験はそんなに難しかったんです
か？
so.no./shi.ke.n.wa./so.n.na.ni./mu.zu.ka.shi.
ka.tta.n./de.su.ka.
那個考試那麼難嗎？

【還可以這麼回答】

やっと試験が終わった。
ya.tto./shi.ke.n.ga./o.wa.tta.
考試終於結束了。

追試を受けなくてはならないんだ。
tsu.i.shi.o./u.ke.na.ku.te.wa./na.ra.na.i.n.da.
必須補考啊。

試験は簡単だったよ。
shi.ke.n.wa./ka.n.ta.n./da.tta.yo.
考試很簡單喔。

あんな問題が出るなんて思わなかったよ。
a.n.na./mo.n.da.i.ga./de.ru./na.n.te./o.mo.wa.na.
ka.tta.yo.
沒想到會出那種試題。

英語が苦手でテストがいつも赤点ギリギ
リです。
e.i.go.ga./ni.ga.te.de./te.su.to.ga./i.tsu.mo./a.ka.
te.n./gi.ri.gi.ri./de.su.
不擅長英文老是在及格邊緣。

成績がどんどん落ちているんだ。
se.i.se.ki.ga./do.n.do.n./o.chi.te./i.ru.n.da.
成績越來越差了。

校園會話 - 入學

【對話練習】

A：第一志望はどこですか？
だいいちしぼう
da.i.i.chi.shi.bo.u.wa./do.ko./de.su.ka.
第一志願是哪裡？

B：明治大学です。
めいじだいがく
me.i.ji.da.i.ga.ku./de.su.
是明治大學。

A：進路は決まりましたか？
しんろ　き
shi.n.ro.wa./ki.ma.ri.ma.shi.ta.ka.
未來的方向決定了嗎？

B：まだ迷っているんです。
まよ
ma.da./ma.yo.tte./i.ru.n./de.su.
還在猶豫。

A：進路を悩んでいるんです。
しんろ　なや
shi.n.ro.o./na.ya.n.de./i.ru.n./de.su.
很煩惱畢業後的出路。

B：私も将来何をするか考えています。
わたし　しょうらいなに　　　　かんが
wa.ta.shi.mo./sho.u.ra.i./na.ni.o./su.ru.ka./
ka.n.ga.e.te./i.ma.su.
我也在思考將來要做什麼。

【還可以這麼開頭】

できれば大学院に進みたいです。
de.ki.re.ba./da.i.ga.ku.i.n.ni./su.su.mi.ta.i./de.su.
可以的話想念研究所。

いくつの学校に申し込むつもり？
i.ku.tsu.no./ga.kko.u.ni./mo.u.shi.ko.mu./tsu.
mo.ri.
打算申請幾間學校？

昨日、願書を送ったんだ。
ki.no.u./ga.n.sho.o./o.ku.tta.n.da.
昨天寄了報名申請表。

卒業したらどうしますか？
so.tsu.gyo.u.shi.ta.ra./do.u./shi.ma.su.ka.
畢業後要做什麼？

留年するかもしれません。
ryu.u.ne.n.su.ru./ka.mo.shi.re.ma.se.n.
說不定會留級。

やっぱり就職することにしたのか？
ya.ppa.ri./shu.u.sho.ku.su.ru./ko.to.ni./shi.ta.no.
ka.
果然還是選擇去工作嗎？

【還可以這麼回答】

だいがくえら に まよ
大学選びに迷っています。
da.i.ga.ku.e.ra.bi.ni./ma.yo.tte./i.ma.su.
煩惱要選哪間大學。

かいがいりゅうがく かんが
海外留学がしたいと考えています。
ka.i.ga.i.ryu.u.ga.ku.ga./shi.ta.i.to./ka.n.ga.e.te./
i.ma.su.
考慮去國外留學。

しょうらい しんろ き
まだ将来の進路を決めていません。
ma.da./sho.u.ra.i.no./shi.n.ro.o./ki.me.te./i.ma.
se.n.
還沒決定未來的方向。

しんろ き
どうやって進路を決めますか？
do.u.ya.tte./shi.n.ro.o./ki.me.ma.su.ka.
要怎麼決定未來的方向呢？

ただ みち なに なや
正しい道は何か悩んでいます。
ta.da.shi.i./mi.chi.wa./na.ni.ka./na.ya.n.de./i.ma.
su.
煩惱著什麼才是正確的路。

しがくしんがく あきら
私学進学を諦めました。
shi.ga.ku.shi.n.ga.ku.o./a.ki.ra.me.ma.shi.ta.
放棄了念私立學校。

校園會話 - 學期活動

【對話練習】

A：卒業式まであと半年ね。
そつぎょうしき　　　　　はんとし

so.tsu.gyo.u.shi.ki./ma.de./a.to./ha.n.to.shi.ne.

還有半年就是畢業典禮了。

卒業したら何がしたい？
そつぎょう　　　なに

so.tsu.gyo.u.shi.ta.ra./na.ni.ga./shi.ta.i.

畢業後想做什麼？

B：美容の専門学校に入りたいと思っ
びよう　　せんもんがっこう　　はい　　　　　　おも
ているの。

bi.yo.u.no./se.n.mo.n.ga.kko.u.ni./ha.i.ri.ta.i.to./mo.mo.tte./i.ru.no.

我想去念美容學校。

A：学校行事の中で、何が一番楽しか
がっこうぎょうじ　なか　　　なに　いちばんたの
ったですか？

ga.kko.u.gyo.u.ji.no./na.ka.de./na.ni.ga./i.chi.ba.n./ta.no.shi.ka.tta./de.su.ka.

學校的活動裡，最快樂的是什麼？

B：修学旅行がとっても楽しかったで
しゅうがくりょこう　　　　　　たの
す。

shu.u.ga.ku.ryo.u.ko.u.ga./to.te.mo./ta.no.shi.ka.tta./de.su.

校外教學非常開心。

個人生活篇 問候篇 食衣住行篇 娛樂篇 場合篇 文化環境篇

237

【還可以這麼表達】

冬休みが待ち遠しいです。
fu.yu.ya.su.mi.ga./ma.chi.do.o.shi.i./de.su.
很期待寒假。

来月に授業参観があります。
ra.i.ge.tsu.ni./ju.gyo.u.sa.n.ka.n.ga./a.ri.ma.su.
下個月有家長參觀。

これが今学期の行事予定表です。
ko.re.ga./ko.n.ga.kki.no./gyo.u.ji.yo.te.i.hyo.u./
de.su.
這是本學期的行事曆。

10月か5月に運動会が行われます。
ju.u.ga.tsu.ka./go.ga.tsu.ni./u.n.do.u.ka.i.ga./o.ko.
na.wa.re.ma.su.
運動會在10月或5月舉行。

入学式に参加します。
nyu.u.ga.ku.shi.ki.ni./sa.n.ka.shi.ma.su.
參加入學典禮。

校外学習でスキーに行ってきました。
ko.u.ga.i.ga.ku.shu.u.de./su.ki.i.ni./i.tte./ki.ma.shi.
ta.
校外教學去了滑雪。

【還可以這麼表達】

らいしゅう ぼうさいくんれん
来週に防災訓練があります。
ra.i.shu.u.ni./bo.u.sa.i.ku.n.re.n.ga./a.ri.ma.su.
下週有防災演習。

がくえんさい や や しゅってん
学園祭でたこ焼き屋さんを出店します。
ga.ku.e.n.sa.i.de./ta.ko.ya.ki.ya.sa.no./shu.tte.
n.shi.ma.su.
校慶時要擺章魚燒的攤子。

がくえんさい じゅんび いそが
学園祭の準備でとても忙しいです。
ga.ku.e.n.sa.i.no./ju.n.bi.de./to.te.mo./i.so.ga.shi.
i./de.su.
為了準備校慶非常忙碌。

きょう ご ご がっこう さんしゃめんだん
今日の午後学校で三者面談があります。
kyo.u.no./go.go./ga.kko.u.de./sa.n.sha.me.n.da.
n.ga./a.ri.ma.su.
今天下午在學校有老師和學生及家長的面談。

しんがっき はじ
もうすぐ新学期が始まります。
mo.u.su.gu./shi.n.ga.kki.ga./ha.ji.ma.ri.ma.su.
新學期快開始了。

あめ ばあい えんき
雨の場合は延期になります。
a.me.no./ba.a.i.wa./e.n.ki.ni./na.ri.ma.su.
下雨的話就會延期。

個人生活篇

問候篇

食衣住行篇

娛樂篇

場合篇

文化環境篇

校園會話 - 社團

【對話練習】

A：何_{なに}かサークルをやっていますか？
na.ni.ka./sa.a.ku.ru.o./ya.tte./i.ma.su.ka.
參加了什麼社團嗎？

B：サッカー部_ぶに入_{はい}っています。
sa.kka.a.bu.ni./ha.i.tte./i.ma.su.
我加入了足球社 (校隊)。

A：何_{なに}か部活_{ぶかつ}に入_{はい}ってる？
na.ni.ka./bu.ka.tsu./ha.i.tte.ru.
參加什麼社團呢？

B：野球部_{やきゅうぶ}に入_{はい}ってる。
ya.kyu.u.bu.ni./ha.i.tte.ru.
我參加棒球社 (校隊)。

A：大学_{だいがく}でサークルに入_{はい}ってましたか？
da.i.ga.ku.de./sa.a.ku.ru.ni./ha.i.tte./ma.shi.ta.ka.
大學時有玩社團嗎？

B：ダンスのサークルに入_{はい}っていました。
da.n.su.no./sa.a.ku.ru.ni./ha.i.tte./i.ma.shi.ta.
有的，參加了熱舞社。

【還可以這麼開頭】

なに　ぶかつ　しょぞく
何か部活に所属していますか？
na.ni.ka./bu.ka.tsu.ni./sho.zo.ku.shi.te./i.ma.su.ka.
參加什麼社團呢？

ぶいん　なんにん
部員は何人いますか？
bu.i.n.wa./na.n.ni.n./i.ma.su.ka.
有幾個社員？

ぶんかぶ　なに
文化部は何をしていますか？
bu.n.ka.bu.wa./na.ni.o./shi.te./i.ma.su.ka.
文化社是在做什麼的？

なにぶ　はい　き
何部に入るか、もう決めましたか？
na.ni.bu.ni./ha.i.ru.ka./mo.u./ki.me.ma.shi.ta.ka.
決定要加入什麼社了嗎？

ともだち　　　　　　　　　　　　　　　　はい
友達をつくるためにサークルに入ったん
です。
to.mo.da.chi.o./tsu.ku.ru./ta.me.ni./sa.a.ku.ru.ni./
ha.i.tta.n./de.su.
為了交朋友才加入社團的。

なつやす　ぶかつ　がっしゅく　い
夏休みは部活の合宿に行きます。
na.tsu.ya.su.mi.wa./bu.ka.tsu.no./ga.sshu.ku.ni./
i.ki.ma.su.
暑假會去社團的合宿。

個人生活篇

問候篇

食衣住行篇

娛樂篇

場合篇

文化環境篇

【還可以這麼回答】

ぶかつ いんたい
部活を引退しました。
bu.ka.tsu.o./i.n.ta.i.shi.ma.shi.ta.
從社團退休。

ぶかつ
部活をやっていません。
bu.ka.tsu.o./ya.tte./i.ma.se.n.
沒參加社團。

すいそうぶ けいおんぶ か も
吹奏部と軽音部の掛け持ちです。
su.i.so.u.bu.to./ke.i.o.n.bu.no./ka.ke.mo.chi./de.
su.
同時加入管樂社和輕音社。

こうこう ぶんがくぶ しょぞく
高校では文学部に所属していました。
ko.u.ko.u.de.wa./bu.n.ga.ku.bu.ni./sho.zo.ku.shi.
te./i.ma.shi.ta.
高中時是加入文學社。

あさ ほうかご れんしゅう
朝も放課後も練習があります。
a.sa.mo./ho.u.ka.go.mo./re.n.shu.u.ga./a.ri.ma.su.
早上和放學後都要練習。

ぶかつ
部活をやめました。
bu.ka.tsu.o./ya.me.ma.shi.ta.
不玩社團了。

打工

【對話練習】

A：ここのお店でバイトしてるんだ。
ko.ko.no./o.mi.se.de./ba.i.to.shi.te.ru.n.da.
我在這家店打工。

B：え？いつから？
e./i.tsu.ka.ra.
啊？什麼時候開始的？

A：1ヶ月前くらい。
i.kka.ge.tsu.ma.e./ku.ra.i.
約1個月前。

B：そうなんだ。私もバイトしようかな？
so.u.na.n.da./wa.ta.shi.mo./ba.i.to.shi.yo.u./ka.na.
這樣啊。我要不要也開始打工呢？

A：何のバイトしていますか？
na.n.no./ba.i.to.shi.te./i.ma.su.ka.
你有打工嗎？

B：コンビニでバイトしています。
ko.n.bi.ni.de./ba.i.to.shi.te./i.ma.su.
我在便利商店打工。

個人生活篇

問候篇

食衣住行篇

娛樂篇

場合篇

文化環境篇

【還可以這麼表達】

アルバイトを探しているところです。
a.ru.ba.i.to.o./sa.ga.shi.te./i.ru./to.ko.ro./de.su.
正在找打工。

バイト探しはどうなった？
ba.i.to.sa.ga.shi.wa./do.u./na.tta.
打工找得怎麼樣了？

子どもが幼稚園に入ったから、パートで
働きだしました。
ko.do.mo.ga./yo.u.chi.e.n.ni./ha.i.tta./ka.ra./pa.a.
to.de./ha.ta.ra.ki.da.shi.ma.shi.ta.
小孩念幼稚園之後，就開始做兼職計時工作。

スーパーでパートしていたけど、4月に
正社員になりました。
su.u.pa.a.de./pa.a.to.shi.te./i.ta./ke.do./shi.
ga.tsu.ni./se.i.sha.i.n.ni./na.ri.ma.shi.ta.
之前在超市當兼職計時人員，4月開始變成正式
員工。

これからバイトに行きます。
ko.re.ka.ra./ba.i.to.ni./i.ki.ma.su.
現在要去打工。

【還可以這麼表達】

ほぼ毎日バイトしているから、あまり遊べません。

ho.bo./ma.i.ni.chi./ba.i.to.shi.te./i.ru./ka.ra./a.ma.ri./a.so.be.ma.se.n.

幾乎每天都在打工,不太能玩。

週3回コンビニでバイトしています。

shu.u.sa.n.ka.i./ko.n.bi.ni.de./ba.i.to.shi.te./i.ma.su.

每週在便利商店打工3天。

大学に入ってから、ファミレスでバイトしています。

da.i.ga.ku.ni./ha.i.tte./ka.ra./fa.mi.re.su.de./ba.i.to.shi.te./i.ma.su.

進大學之後,就在家庭餐廳打工。

バイトをやめようかと思っています。

ba.i.to.o./ya.me.yo.u.ka.to./o.mo.tte./i.ma.su.

考慮辭掉打工。

バイトしながら就活してます。

ba.i.to.shi.na.ga.ra./shu.ka.tsu.shi.te./ma.su.

一邊打工一邊找畢業後的工作。

個人生活篇

問候篇

食衣住行篇

娛樂篇

場合篇

文化環境篇

職場會話 - 工作內容

【對話練習】

A：1週間でこの企画書を作成できま
すか？
i.sshu.u.ka.n.de./ko.no./ki.ka.ku.sho.o./sa.ku.
se.i.de.ki.ma.su.ka.
可以在1週內把這份企畫書寫好嗎？

B：スケジュールを確認させていただ
きます。
su.ke.ju.u.ru.o./ka.ku.ni.n.sa.se.te./i.ta.da.ki.
ma.su.
讓我確認一下行程。

A：プロジェクトは順調？
pu.ro.je.ku.to.wa./ju.n.cho.u.
計畫進行得還順利嗎？

B：ええ、予想より進んでます。
e.e./yo.so.u./yo.ri./su.su.n.de./ma.su.
順利，比想像中進行得快。

A：よかったね。
yo.ka.tta.ne.
太好了。

【還可以這麼表達】

予定表を見ておいてください。
yo.te.i.hyo.u.o./mi.te./o.i.te./ku.da.sa.i.
請看一下預定計畫表。

できるだけ早く仕上げてください。
de.ki.ru.da.ke./ha.ya.ku./shi.a.ge.te./ku.da.sa.i.
請盡早完成。

仕事の調子はどうですか？
shi.go.to.no./cho.u.shi.wa./do.u./de.su.ka.
工作的情況怎麼樣？

仕事ははかどっていますか？
shi.go.to.wa./ha.ka.do.tte./i.ma.su.ka.
工作進展得順利嗎？

先日の書類はご覧いただけましたでしょうか？
se.n.ji.tsu.no./sho.ru.i.wa./go.ra.n./i.ta.da.ke.
ma.shi.ta./de.sho.u.ka.
前幾天的資料您看過了嗎？

個人生活篇

問候篇

食衣住行篇

娛樂篇

場合篇

文化環境篇

【還可以這麼表達】

何なにか問題もんだいがあったら知しらせてください。
na.ni.ka./mo.n.da.i.ga./a.tta.ra./shi.ra.se.te./ku.da.sa.i.

有問題的話請通知我。

今いまのところ順調じゅんちょうにことが進すすんでいると思おもいます。
i.ma.no./to.ko.ro./ju.n.cho.u.ni./ko.to.ga./su.su.n.de./i.ru.to./o.mo.i.ma.su.

目前都順利進行著。

いつもより早はやく終おわらせることができました。
i.tsu.mo./yo.ri./ha.ya.ku./o.wa.ra.se.ru./ko.to.ga./de.ki.ma.shi.ta.

比平常提早完成了。

これは経費けいひで落おとせますか？
ko.re.wa./ke.i.hi.de./o.to.se.ma.su.ka.

這個可以報公帳嗎？

上司じょうしに相談そうだんさせていただきます。
jo.u.shi.ni./so.u.da.n.sa.se.te./i.ta.da.ki.ma.su.

我回去和主管商量看看。

職場會話 - 基礎事務

【對話練習】

A：社長がお呼びです。
sha.cho.u.ga./o.yo.bi./de.su.
社長叫你。

B：はい、すぐ参ります。
ha.i./su.gu./ma.i.ri.ma.su.
好，我馬上過去。

A：資料をコピーしてくれませんか？
shi.ryo.u.o./ko.pi.i.shi.te./ku.re.ma.se.n.ka.
可以幫我複印資料嗎？

B：分かりました。
wa.ka.ri.ma.shi.ta.
知道了。

A：ただ今戻りました。
ta.da.i.ma./mo.do.ri.ma.shi.ta.
我回來了。

B：お疲れ様でした。
o.tsu.ka.re.sa.ma.de.shi.ta.
辛苦了。

個人生活篇
問候篇
食衣住行篇
娛樂篇
場合篇
文化環境篇

【還可以這麼開頭】

ファクスはまだ来ないですか？
fa.ku.su.wa./ma.da./ko.na.i./de.su.ka.
傳真還沒傳來嗎？

得意先に見積書をメールしてください。
to.ku.i.sa.ki.ni./mi.tsu.mo.ri.sho.o./me.e.ru.shi.te./
ku.da.sa.i.
請把估價單傳給客戶。

5時までに提出しなければなりません。
go.ji.ma.de.ni./te.i.shu.tsu.shi.na.ke.re.ba./na.ri.
ma.se.n.
5點前一定要交出來。

データをクラウドにアップしてください。
de.e.ta.o./ku.ra.u.do.ni./a.ppu.shi.te./ku.da.sa.i.
請把資料上傳到雲端。

請求書を作ってください。
se.i.kyu.u.sho.o./tsu.ku.tte./ku.da.sa.i.
請製作請款單。

資料をプリントアウトしてくれませんか？
shi.ryo.u.o./pu.ri.n.to.a.u.to.shi.te./ku.re.ma.se.n.ka.
可以幫我把會議的資料印出來嗎？

【還可以這麼回答】

彼はまだ出社していません。
ka.re.wa./ma.da./shu.sha.shi.te./i.ma.se.n.
他還沒來公司。

書類を添付してメールしました。
sho.ru.i.o./te.n.pu.shi.te./me.e.ru.shi.ma.shi.ta.
把資料加入附件傳送 (mail) 出去了。

上司にメールを転送しておきます。
jo.u.shi.ni./me.e.ru.o./te.n.so.u.shi.te./o.ki.ma.su.
把電子郵件轉傳給上司。

これから得意先を回ってきます。
ko.re.ka.ra./to.ku.i.sa.ki.o./ma.wa.tte./ki.ma.su.
接下來要去拜訪各個客戶。

お客様がお見えになりました。
o.kya.ku.sa.ma.ga./o.mi.e.ni./na.ri.ma.shi.ta.
有客人來訪。

アポを取ってください。
a.po.o./to.tte./ku.da.sa.i.
請預約會面。

個人生活篇　問候篇　食衣住行篇　娛樂篇　場合篇　文化環境篇

251

職場會話 - 會議

【對話練習】

A：皆様お揃いくださったようなので、始めましょう。

mi.na.sa.ma./o.so.ro.i./ku.da.sa.tta./yo.u./na.no.de./ha.ji.me.ma.sho.u.

大家應該都到了，那開始吧。

B：よろしくお願いします。

yo.ro.shi.ku./o.ne.ga.i./shi.ma.su.

麻煩你了。

A：今日の会議では、海外出店について話し合う予定です。

kyo.u.no./ka.i.gi./de.wa./ka.i.ga.i.shu.tte.n.ni./tsu.i.te./ha.na.shi.a.u./yo.te.i./de.su.

今天的會議是打算討論成立海外分店的事。

アジェンダには 3 つの議題があります。

a.je.n.da.ni.wa./mi.ttsu.no./gi.da.i.ga./a.ri.ma.su.

大綱上有 3 項議題。

【還可以這麼表達】

【還可以這麼表達】

山田さん、議事録をお願いします。
ya.ma.da.sa.n./gi.ji.ro.ku.o./o.ne.ga.i.shi.ma.su.
山田先生，請你做會議記錄。

資料をご覧ください。
shi.ryo.u.o./go.ra.n./ku.da.sa.i.
請看資料。

この議題を紹介してくれますか？
ko.no./gi.da.i.o./sho.u.ka.i.shi.te./ku.re.ma.su.ka.
可以請你介紹這個議題嗎？

では、最初の議題から始めましょう。
de.wa./sa.i.sho.no./gi.da.i./ka.ra./ha.ji.me.ma.sho.u.
那麼，就從最前面的議題開始。

皆さんの意見を聞きたいと思います。
mi.na.sa.n.no./i.ke.n.o./ki.ki.ta.i.to./o.mo.i.ma.su.
想聽聽大家的看法。

何かアイデアがある人はいませんか？
na.ni.ka./a.i.de.a.ga./a.ru./hi.to.wa./i.ma.se.n.ka.
有任何想法嗎？

【還可以這麼表達】

何か付け加えたいことはありますか？

na.ni.ka./tsu.ke.ku.wa.e.ta.i./ko.to.wa./a.ri.ma.su.
ka.

有人要補充嗎？

議題から外れないようにしましょう。

gi.da.i./ka.ra./ha.zu.re.na.i./yo.u.ni./shi.ma.sho.u.

請不要離題。

これで今日のミーティングは終了です。

ko.re.de./kyo.u.no./mi.i.ti.n.gu.wa./shu.u.ryo.u./
de.su.

那麼今天的會議就到此為止。

要点をまとめさせてください。

yo.u.te.n.o./ma.to.me.sa.se.te./ku.da.sa.i.

我來統整重點。

ご参加ありがとうございました。

go.sa.n.ka./a.ri.ga.to.u./go.za.i.ma.shi.ta.

謝謝大家的參與。

職場會話 - 找工作

【對話練習】

A：元気なさそうですね。
げんき
ge.n.ki./na.sa.so.u./de.su.ne.
你看起來無精打采的。

B：2次選考に合格できなかったんです。
にじせんこう ごうかく
ni.ji.se.n.ko.u.ni./go.u.ka.ku.de.ki.na.ka.tta.n./de.su.
我沒通過第2關考試。

A：残念ですね。
ざんねん
za.n.ne.n./de.su.ne.
太可惜了。

A：そろそろ就職活動を始めないと。
しゅうしょくかつどう はじ
so.ro.so.ro./shu.u.sho.ku.ka.tsu.do.u.o./ha.ji.me.na.i.to.
差不多該開始找工作了。

B：そうね。早く内定をもらいたいな。
はや ないてい
so.u.ne./ha.ya.ku./na.i.te.i.o./mo.ra.i.ta.i.na.
對啊，真想早點得到內定的工作。

【還可以這麼開頭】

どうしてこの仕事に興味を持ちましたか？
do.u.shi.te./ko.no./shi.go.to.ni./kyo.u.mi.o./mo.chi.ma.shi.ta.ka.
為什麼對這個工作有興趣呢？

面接はどうでしたか？
me.n.se.tsu.wa./do.u./de.shi.ta.ka.
面試怎麼樣？

転職を考えているんです。
te.n.sho.ku.o./ka.n.ga.e.te./i.ru.n./de.su.
在考慮換工作。

履歴書もう書きましたか？
ri.re.ki.sho./mo.u./ka.ki.ma.shi.ta.ka.
已經寫好履歷表了嗎？

面接はどういう形式ですか？
me.n.se.tsu.wa./do.u.i.u./ke.i.shi.ki./de.su.ka.
面試以什麼樣的形式進行？

書類審査で落とされちゃいました。
sho.ru.i.shi.n.sa.de./o.to.sa.re.cha.i.ma.shi.ta.
書面審核就被刷下來了。

【還可以這麼回答】

<ruby>金融業界<rt>きんゆうぎょうかい</rt></ruby>を<ruby>中心<rt>ちゅうしん</rt></ruby>に<ruby>就職活動<rt>しゅうしょくかつどう</rt></ruby>するつもりです。
ki.n.yu.u.gyo.u.ka.i.o./chu.u.shi.n.ni./shu.u.sho.ku.ka.tsu.do.u.su.ru./tsu.mo.ri./de.su.
找工作想以金融業為主。

<ruby>外資系<rt>がいしけい</rt></ruby>を<ruby>狙<rt>ねら</rt></ruby>っています。
ga.i.shi.ke.i.o./ne.ra.tte./i.ma.su.
想去外資公司。

<ruby>内定<rt>ないてい</rt></ruby>が<ruby>取<rt>と</rt></ruby>り<ruby>消<rt>け</rt></ruby>された。
na.i.te.i.ga./to.ri.ke.sa.re.ta.
內定被取消了。

いくつかの<ruby>資格<rt>しかく</rt></ruby>を<ruby>持<rt>も</rt></ruby>っています。
i.ku.tsu.ka.no./shi.ka.ku.o./mo.tte./i.ma.su.
擁有多項證照。

<ruby>最終面接<rt>さいしゅうめんせつ</rt></ruby>まで<ruby>行<rt>い</rt></ruby>ったけど、ダメだった。
sa.i.shu.u.me.n.se.tsu./ma.de./i.tta./ke.do./da.me./da.tta.
進到最後一關面試，但還是沒被錄用。

<ruby>資格<rt>しかく</rt></ruby>がないから、この<ruby>仕事<rt>しごと</rt></ruby>は<ruby>無理<rt>むり</rt></ruby>だな。
shi.ka.ku.ga./na.i./ka.ra./ko.no.shi.go.to.wa./mu.ri./da.na.
沒有證照，是不可能從事這個工作的吧。

個人生活篇

問候篇

食衣住行篇

娛樂篇

場合篇

文化環境篇

257

職場會話 - 面試

【對話練習】

A：あなたの経験（けいけん）について教（おし）えていた
　　だけますか？
a.na.ta.no./ke.i.ke.n.ni./tsu.i.te./o.shi.e.te./
i.ta.da.ke.ma.su.ka.
可以說說你的經歷嗎？

B：私（わたし）は自動車会社（じどうしゃがいしゃ）でエンジニアとし
　　て３年間働（さんねんかんはたら）いていました。
wa.ta.shi.wa./ji.do.u.sha.ga.i.sha.de./e.n.ji.
ni.a./to.shi.te./sa.n.ne.n.ka.n./ha.ta.ra.i.te./
i.ma.shi.ta.
我在汽車公司當了３年工程師。

A：あなたの強（つよ）みはなんですか？
a.na.ta.no./tsu.yo.mi.wa./na.n./de.su.ka.
你的長處是什麼？

B：私（わたし）はプレッシャーに強（つよ）いです。
wa.ta.shi.wa./pu.re.ssha.a.ni./tsu.yo.i./de.su.
我的抗壓性很強。

A：私（わたし）たちに何（なに）か質問（しつもん）はありますか？
wa.ta.shi.ta.chi.ni./na.ni.ka.shi.tsu.mo.n.wa./
a.ri.ma.su.ka.
有什麼要問我們的嗎？

【還可以這麼表達】

じこしょうかい
自己紹介をしてください。
ji.ko.sho.u.ka.i.o./shi.te./ku.da.sa.i.
請自我介紹。

なぜこのポジションに就きたいんです
か？
na.ze./ko.no./po.ji.sho.n.ni./tsu.ki.ta.i.n./de.su.ka.
為什麼想應徵這個職位？

まえ　しごと　　　　　　　　けいけん　つ
前の仕事からどんな経験を積みました
か？
ma.e.no./shi.go.to./ka.ra./do.n.na./ke.i.ke.n.o./
tsu.mi.ma.shi.ta.ka.
在之前的工作累積了什麼樣的經驗？

へいしゃ　　　　　　　　　　　　　　そんじ
弊社についてどんなことをご存知です
か？
he.i.sha.ni./tsu.i.te./do.n.na./ko.to.o./go.zo.n.ji./
de.su.ka.
對本公司有哪些了解呢？

しごとじょう ちょうしょ たんしょ
仕事上の長所と短所はなんですか？
shi.go.to.jo.u.no./cho.u.sho.to./ta.n.sho.wa./
na.n./de.su.ka.
在工作上的優缺點是什麼？

個人生活篇

問候篇

食衣住行篇

娛樂篇

場合篇

文化環境篇

【還可以這麼表達】

なぜ前職を辞めたのですか？
na.ze./ze.n.sho.ku.o./ya.me.ta.no./de.su.ka.
是什麼理由辭了前份工作呢？

新しいポジションに何を求めますか？
a.ta.ra.shi.i./po.ji.sho.n.ni./na.ni.o./mo.to.me.ma.
su.ka.
在新職位上想追求什麼呢？

転勤はできますか？
te.n.ki.n.wa./de.ki.ma.su.ka.
能接受外派嗎？

面接の機会をご用意いただき、ありがとう
ございます。
me.n.se.tsu.no./ki.ka.i.o./go.yo.u.i./i.ta.da.ki./a.ri.
ga.to.u./go.za.i.ma.su.
感謝給我面試的機會。

貴重なお時間をどうもありがとうござい
ました。
ki.cho.u.na./o.ji.ka.no./do.u.mo./a.ri.ga.to.u./go.
za.i.ma.shi.ta.
感謝撥冗。

職場會話 - 升遷調職

【對話練習】

A：昇進して部長になりました。
しょうしん　　　　ぶちょう
sho.u.shi.n.shi.te./bu.cho.u.ni./na.ri.ma.shi.ta.
升職成為部長了。

B：昇進おめでとう。
しょうしん
sho.u.shi.n./o.me.de.to.u.
恭喜你升職。

A：ありがとう。
a.ri.ga.to.u.
謝謝。

A：4月から新しいプロジェクトを
しがつ　　　　あたら
担当することになりました。
たんとう
shi.ga.tsu.ka.ra./a.ta.ra.shi.i.pu.ro.je.ku.to.o./
ta.n.to.u.su.ru./ko.to.ni./na.ri.ma.shi.ta.
4月開始負責新的企畫案。

B：大抜擢じゃないですか？おめでと
だいばってき
う。
da.i.ba.tte.ki./ja.na.i./de.su.ka./o.me.de.to.u.
那不是特別被提拔了嗎？恭喜。

個人生活篇
問候篇
食衣住行篇
娛樂篇
場合篇
文化環境篇

【還可以這麼表達】

かいはつぶ　いちいん　にんめい
開発部の一員に任命されました。
ka.i.ha.tsu.bu.no./i.chi.i.n.ni./ni.n.me.i.sa.re.ma.
shi.ta.

被任命為研發部的成員。

ふくおかほんしゃ　てんきん
福岡本社に転勤することになりました。
fu.ku.o.ka.ho.n.sha.ni./te.n.ki.n.su.ru./ko.to.ni./
na.ri.ma.shi.ta.

要外派到福岡總公司了。

いどう　じき　　　そうべつかい　おお
そろそろ異動の時期だから送別会が多い
です。
so.ro.so.ro./i.do.u.no./ji.ki./da.ka.ra./so.u.be.tsu.
ka.i.ga./o.o.i./de.su.

快到了調職的時期，所以送別會特別多。

わたし さいきんあたら　　ぶしょ　いどう
私は最近新しい部署に異動しました。
wa.ta.shi.wa./sa.i.ki.n./a.ta.ra.shi.i./bu.sho.ni./
i.do.u.shi.ma.shi.ta.

我最近被調到了新的部門。

じんじいどう　たんとう　はず
人事異動で担当を外れることになりまし
た。
ji.n.ji.i.do.u.de./ta.n.to.u.o./ha.zu.re.ru./ko.to.ni./
na.ri.ma.shi.ta.

因為人事異動被調離負責的位子。

【還可以這麼表達】

昇進試験に合格できなかったんだ。
sho.u.shi.n.shi.ke.n.ni./go.u.ka.ku.de.ki.na.ka.tta.
n.da.
沒能通過升等考試。

もうすぐ昇進できると思う。
mo.u.su.gu./sho.u.shi.n.de.ki.ru.to./o.mo.u.
應該馬上就能升職了。

彼が業績不振で左遷された。
ka.re.ga./gyo.u.se.ki.fu.shi.n.de./sa.se.n.sa.re.ta.
他因為業績不佳而被降職了。

広報の担当を外れることになりました。
ko.u.ho.u.no./ta.n.to.u.o./ha.zu.re.ru./ko.to.ni./
na.ri.ma.shi.ta.
被調離公關宣傳的工作。

会社に異動希望を出しました。
ka.i.sha.ni./i.do.u.ki.bo.u.o./da.shi.ma.shi.ta.
向公司提出調職的申請。

私の後任は田中になります。
wa.ta.shi.no./ko.u.ni.n.wa./ta.na.ka.ni./na.ri.ma.
su.
田中會接手我的工作。

職場會話 - 請假

【對話練習】

A：午後はお休みをいただきたいのですが。
go.go.wa./o.ya.su.mi.o./i.ta.da.ki.ta.i.no./de.su.ga.
我下午想請假。

B：理由を教えてくれますか？
ri.yu.u.o./o.shi.e.te./ku.re.ma.su.ka.
可以告訴我理由嗎？

A：熱があるようなので、早退させていただきたいのです。
ne.tsu.ga./a.ru./yo.u./na.no.de./so.u.ta.i.sa.se.te./i.ta.da.ki.ta.i.no.de.su.
我好像發燒了，想提早回家。

A：あれ、田中くんは？
a.re./ta.na.ka.ku.n.wa.
咦？田中呢？

B：子供の面倒を見るためにお休みをいただいたそうです。
ko.do.mo.no./me.n.do.u.o./mi.ru.ta.me.ni./o.ya.su.mi.o./i.ta.da.i.ta./so.u./de.su.
他要照顧孩子，所以請假了。

【還可以這麼表達】

体調がよくないので、午後はお休みして
いいですか？
ta.i.cho.u.ga./yo.ku.na.i./no.de./go.go.wa./o.ya.
su.mi.shi.te./i.i./de.su.ka.
我身體不舒服，下午可以請假嗎？

来週の金曜日はお休みをいただきます。
ra.i.shu.u.no./ki.n.yo.u.bi.wa./o.ya.su.mi.o./i.ta.
da.ki.ma.su.
下週五要請假。

明日有休をいただけないでしょうか？
a.shi.ta./yu.u.kyu.u.o./i.ta.da.ke.na.i./de.sho.u.ka.
明天可以請特休嗎？

午後は休ませていただけませんか？
go.go.wa./ya.su.ma.se.te./i.ta.da.ke.ma.se.n.ka.
下午可以請假嗎？

来週、有休を取らせていただきたいので
す。
ra.i.shu.u./yu.u.kyu.u.o./to.ra.se.te./i.ta.da.ki.
ta.i.no./de.su.ga.
下週想請特休。

【還可以這麼表達】

午前中休みをいただいて、午後出社します。

go.ze.n.chu.u./ya.su.mi.o./i.ta.da.i.te./go.go./shu.ssha.shi.ma.su.

上午請假，下午會去上班。

8月はお盆休みをずらして取らせていただきます。

ha.chi.ga.tsu.wa./o.bo.n.ya.su.mi.o./zu.ra.shi.te./to.ra.se.te./i.ta.da.ki.ma.su.

8月時我想錯開盂蘭盆期間休假。

彼は1週間の休暇をとっております。
来週戻ってきます。

ka.re.wa./i.sshu.u.ka.n.no./kyu.u.ka.o./to.tte./o.ri.ma.su./ra.i.shu.u./mo.do.tte./ki.ma.su.

他請了1週的假，下週會回來。

5日間休ませていただきます。

i.tsu.ka.ka.n./ya.su.ma.se.te./i.ta.da.ki.ma.su.

我請了5天連假。

昨日は病欠でした。

ki.no.u.wa./byo.u.ke.tsu./de.shi.ta.

昨天請了病假。

職場會話 - 離職

【對話練習】

A：これまでご一緒に仕事ができて
光栄です。

ko.re.ma.de./go.i.ssho.ni./shi.go.to.ga./de.ki.
te./ko.u.e.i./de.su.

很榮幸這段期間能一起工作。

B：新しい役割での成功を期待してる。
幸運を祈るよ。

a.ta.ra.shi.i./ya.ku.wa.ri.de.no./se.i.ko.u.o./
ki.tai.shi.te.ru./ko.u.u.no./i.no.ru.yo.

期待你在新職務上的成功。祝你一切順利。

A：ありがとうございます。

a.ri.ga.to.u./go.za.i.ma.su.

謝謝。

B：新しい仕事頑張ってね。

a.ta.ra.shi.i./shi.go.to./ga.n.ba.tte.ne.

新工作加油喔。

個人生活篇

問候篇

食衣住行篇

娛樂篇

場合篇

文化環境篇

【還可以這麼表達】

さらなるご活躍を期待しています。
sa.na.ra.ru./go.ka.tsu.ya.ku.o./ki.ta.i.shi.te./i.ma.su.

期待你更加活躍。

今後のキャリアが万事うまく行きますように。
ko.n.go.no./kya.ri.a.ga./ba.n.ji./u.ma.ku./i.ki.ma.su.yo.u.ni.

希望你今後職業生涯能一帆風順。

幸運と成功を祈っています。
ko.u.u.n.to./se.i.ko.u.o./i.no.tte./i.ma.su.

希望你順利及成功。

これまで一緒に仕事ができて、本当によかったです。
ko.re.ma.de./i.ssho.ni./shi.go.to.ga./de.ki.te./ho.n.to.u.ni./yo.ka.tta./de.su.

這段期間能一起工作真是太好了。

新しい生活での幸運を祈っています。
a.ta.ra.shi.i./se.i.ka.tsu.de.no./ko.u.u.n.o./i.no.tte./i.ma.su.

希望你新生活能一切順利幸運。

【還可以這麼表達】

これまでいろいろとありがとうございました。
ko.re.ma.de./i.ro.i.ro.to./a.ri.ga.to.u./go.za.i.ma.shi.ta.
謝謝你至今一切照顧。

これまでご指導いただき、本当にありがとうございます。
ko.re.ma.de./go.shi.do.u./i.ta.da.ki./ho.n.to.u.ni./a.ri.ga.to.u./go.za.i.ma.su.
很感謝你這段時間的指導。

最高の上司でいてくれてありがとうございます。
sa.i.ko.u.no./jo.u.shi.de./i.te./ku.re.te./a.ri.ga.to.u./go.za.i.ma.su.
感謝你這位最棒的上司。

課長から多くのことを学びました。
ka.cho.u./ka.ra./o.o.ku.no./ko.to.o./ma.na.bi.ma.shi.ta.
從課長那裡學到了很多。

連絡を取り続けましょう。
re.n.ra.ku.o./to.ri.tsu.zu.ke.ma.sho.u.
要保持聯絡喔。

個人生活篇

問候篇

食衣住行篇

娛樂篇

場台篇

文化環境篇

電話禮儀

【對話練習】

A：もしもし、お母さん？
mo.shi.mo.shi./o.ka.a.sa.n.
喂，媽。

B：いいえ、おそらく間違い電話です。
i.i.e./o.so.ra.ku./ma.chi.ga.i.de.n.wa./de.su.
不是，你大概打錯電話了。

A：あ、すみません。
a./su.mi.ma.se.n.
啊，對不起。

A：先ほどお電話をいただいた田中です。
sa.ki.ho.do./o.de.n.wa.o./i.ta.da.i.ta./ta.na.ka./de.su.
我是你剛剛打電話找的田中。

B：田中さん。折返しのお電話ありがとうございます。
ta.na.ka.sa.n./o.ri.ka.e.shi.no./o.de.n.wa./a.ri.ga.to.u./go.za.i.ma.su.
田中先生，謝謝你回電。

【還可以這麼開頭】

どちら様ですか？
do.chi.ra.sa.ma./de.su.ka.
請問您是哪位？

予約のためにお電話をしています。
yo.ya.ku.no./ta.me.ni./o.de.n.wa.o./shi.te./i.ma.su.
因為想預約而打這通電話。

田中さんとお話をしてもよろしいですか？
ta.na.ka.sa.n.to./o.ha.na.shi.o./shi.te.mo./yo.ro.shi.i./de.su.ka.
可以和田中先生說話嗎？

私から電話があったことお伝えいただけますか？
wa.ta.shi./ka.ra./de.n.wa.ga./a.tta./ko.to./o.tsu.ta.e./i.ta.da.ke.ma.su.ka.
可以麻煩轉達我打電話來過嗎？

すみません。間違えました。
su.mi.ma.se.n./ma.chi.ga.e.ma.shi.ta.
對不起，我打錯了。

場合篇

個人生活篇 問候篇 食衣住行篇 娛樂篇 場合篇 文化環境篇

271

【還可以這麼回答】

申し訳ございません。田中は今席を外して
います。
mo.u.shi.wa.ke./go.za.i.ma.se.n./ta.na.ka.wa./
i.ma./se.ki.o./ha.zu.shi.te./i.ma.su.
很抱歉，田中現在不在位子上。

伝言を 承 ってよろしいでしょうか？
de.n.go.n.o./u.ke.ta.ma.wa.tte./yo.ro.shi.i./
de.sho.u.ka.
需要我幫你留言嗎？

お電話代わりました。田中です。
o.de.n.wa./ka.wa.ri.ma.shi.ta./ta.na.ka./de.su.
電話換人聽了，我是田中。

夜分遅く失礼します。
ya.bu.n./o.so.ku./shi.tsu.re.i.shi.ma.su.
這麼晚還打擾不好意思。

少 々 お待ちください。担当者に代わりま
す。
sho.u.sho.u./o.ma.chi./ku.da.sa.i./ta.n.to.u.sha.
ni./ka.wa.ri.ma.su.
請稍待，我請負責人來聽。

郵局

【對話練習】

A：郵便局に立ち寄ってもらえますか？
yu.u.bi.n.kyo.ku.ni./ta.chi.yo.tte./mo.ra.e.ma.
su.ka.
可以幫我去一趟郵局嗎？

B：もちろんです。
mo.chi.ro.n./de.su.
當然可以。

A：海外に荷物を送りたいのですが。
ka.i.ga.i.ni./ni.mo.tsu.o./o.ku.ri.ta.i.no./de.su.
ga.
我想寄東西到國外。

B：どちらの国に送りますか？
do.chi.ra.no./ku.ni.ni./o.ku.ri.ma.su.ka.
要寄到哪個國家呢？

A：台湾に送りたいです。
ta.i.wa.n.ni./o.ku.ri.ta.i./de.su.
想寄到台灣。

B：中身は何か教えていただけますか？
na.ka.mi.wa./na.ni.ka./o.shi.e.te./i.ta.da.ke.
ma.su.ka.
可以告訴我裡面裝什麼嗎？

273

【還可以這麼開頭】

速達で送りたいんですが。
so.ku.ta.tsu.de./o.ku.ri.ta.i.n./de.su.ga.
我想寄限時。

できるだけ早く着くようにお願いします。
de.ki.ru.da.ke./ha.ya.ku./tsu.ku./yo.u.ni./o.ne.
ga.i.shi.ma.su.
請幫我用最快寄到的方法。

エアメールで送料はいくらですか？
e.a.me.e.ru.de./so.u.ryo.u.wa./i.ku.ra./de.su.ka.
航空郵件的郵資是多少？

航空便でいつ頃届くのでしょうか？
ko.u.ku.u.bi.n.de./i.tsu.go.ro./to.do.ku.no./de.sho.
u.ka.
寄航空郵件什麼時候能到呢？

ポストはどこにありますか？
po.su.to.wa./do.ko.ni./a.ri.ma.su.ka.
哪裡有郵筒？

この小包をアメリカに送りたいのです。
ko.no./ko.zu.tsu.mi.o./a.me.ri.ka.ni./o.ku.ri.ta.
i.no./de.su.
我想把這個小包裹寄到美國。

【還可以這麼回答】

いちばんやす りょうきん おく
一番安い料金で送ってください。
i.chi.ba.n./ya.su.i./ryo.u.ki.n.de./o.ku.tte./ku.da.sa.i.
請用最便宜的方式寄送。

きって
切手がほしいのですが。
ki.tte.ga./ho.shi.i.no./de.su.ga.
我想買郵票。

なかみ
中身はなんですか？
na.ka.mi.wa./na.n./de.su.ka.
裡面是什麼？

おも はか
重さを量ってもよろしいですか？
o.mo.sa.o./ha.ka.tte.mo./yo.ro.shi.i./de.su.ka.
可以秤一下重量嗎？

ようし ひつようじこう きにゅう
この用紙に必要事項を記入してください。
ko.no./yo.u.shi.ni./hi.tsu.yo.u.ji.ko.u.o./ki.nyu.u.shi.te./ku.da.sa.i.
在這張表格上把必填的項目都填好。

はがき ていけいがい
この葉書は定形外です。
ko.no./ha.ga.ki.wa./te.i.ke.i.ga.i./de.su.
這張明信片超出標準尺寸了。

銀行

【對話練習】

A：普通預金口座を作りたいのですが。
fu.tsu.u.yo.ki.n.ko.u.za.o./tsu.ku.ri.ta.i.no./
de.su.ga.
我想開一般存款戶頭。

B：パスポートもしくは在留カードを
お持ちですか？
pa.su.po.o.to./mo.shi.ku.wa./za.i.ryu.u.ka.
a.do.o./o.mo.chi./de.su.ka.
請問你有護照或是居留證嗎？

A：はい、こちらです。
ha.i./ko.chi.ra./de.su.
有的，在這裡。

B：口座にはいくら入金しますか？
ko.u.za./ni.wa./i.ku.ra./nyu.u.ki.n.shi.ma.su.
ka.
戶頭裡要存多少錢呢？

A：入金の最低金額がありますか？
nyu.u.ki.n.no./sa.i.te.i.ki.n.ga.ku.ga./a.ri.ma.
su.ka.
最少要存多少錢？

【還可以這麼表達】

こうざ　つく
口座を作りたいのですが。
ko.u.za.o./tsu.ku.ri.ta.i.no./de.su.ga.
我想開戶。

こうざ　　　かね　あず　い
口座にお金を預け入れたいのですが。
ko.u.za.ni./o.ka.ne.o./a.zu.ke.i.re.ta.i.no./de.su.ga.
我想存錢到戶頭裡。

たいわん　そうきん
台湾へ送金したいんですが。
ta.i.wa.n.e./so.u.ki.n.shi.ta.i.n./de.su.ga.
我想匯錢到台灣。

クレジットカードでここから現金を引き
げんきん　ひ
だ
出せますか？
ku.re.ji.tto.ka.a.do.de./ko.ko.ka.ra./ge.n.ki.n.o./
hi.ki.da.se.ma.su.ka.
可以用信用卡在這裡提領現金嗎？

げんきん
現金をおろしたいのですが。
ge.n.ki.n.o./o.ro.shi.ta.i.no./de.su.ga.
我想要領現金。

あんしょうばんごう　き
暗証番号を決めてください。
a.n.sho.u.ba.n.go.u.o./ki.me.te./ku.da.sa.i.
請決定密碼。

個人生活篇

問候篇

食衣住行篇

娛樂篇

場合篇

文化環境篇

【還可以這麼表達】

ドルを日本円に換金したいです。
do.ru.o./ni.ho.n.e.n.ni./ka.n.ki.n.shi.ta.i./de.su.
我想把美金換成日圓。

手数料はどれくらいですか？
te.su.u.ryo.u.wa./do.re.ku.ra.i./de.su.ka.
手續費是多少？

今日のレートはどのくらいですか？
kyo.u.no./re.e.to.wa./do.no./ku.ra.i./de.su.ka.
今天的匯率是多少？

先週よりやや円高です。
se.n.shu.u./yo.ri./ya.ya./e.n.da.ka./de.su.
日圓比起上週稍漲一點。

どのように両替しますか？
do.no.yo.u.ni./ryo.u.ga.e.shi.ma.su.ka.
你想要怎麼換？

五千円札 10 枚と一万円札 10 枚でお願い
します。
go.se.n.e.n.sa.tsu./ju.u.ma.i.to./i.chi.ma.n.e.n.sa.
tsu./ju.u.ma.i.de./o.ne.ga.i.shi.ma.su.
10 張五千圓鈔，和 10 張萬圓鈔。

假日節慶

【對話練習】

A：いつ帰ってきたの？
i.tsu./ka.e.tte./ki.ta.no.
什麼時候回來的？

B：今着いたところだよ。お正月をこっちで過ごすんだ。
i.ma./tsu.i.ta./to.ko.ro./da.yo./o.sho.u.ga.tsu.o./ko.cchi.de./su.go.su.n.da.
現在才剛到。新年會在這邊度過。

A：日本のお正月はどんなことをしますか？
ni.ho.n.no./o.sho.u.ga.tsu.wa./do.n.na./ko.to.o./shi.ma.su.ka.
日本的新年會做些什麼事呢？

B：お雑煮を食べたり、初詣に行ったりします。
o.zo.u.ni.o./ta.be.ta.ri./ha.tsu.mo.u.de.ni./i.tta.ri./shi.ma.su.
會吃年糕湯，也會去元旦參拜。

【還可以這麼開頭】

日本にはどんな行事やお祭りがあります
か？
ni.ho.n.ni.wa./do.n.na./gyo.u.ji.ya./o.ma.tsu.ri.ga./
a.ri.ma.su.ka.
日本有什麼樣的傳統和祭典呢？

節分の豆まきをやったことがありますか？
se.tsu.bu.n.no./ma.me.ma.ki.o./ya.tta./ko.to.ga./
a.ri.ma.su.ka.
在節分時有撒過豆子嗎？

バレンタインにチョコレートをもらったり
しますか？
ba.re.n.ta.i.n.ni./cho.ko.re.e.to.o./mo.ra.tta.ri./shi.
ma.su.ka.
在情人節時收過巧克力嗎？

こどもの日はいつですか？
ko.do.mo.no.hi.wa./i.tsu./de.su.ka.
兒童節是什麼時候？

お盆休みはいつからいつまでですか？
o.bo.n.ya.su.mi.wa./i.tsu.ka.ra./i.tsu.ma.de./de.su.
ka.
盂蘭盆節是什麼時候？

【還可以這麼回答】

台湾人にとって旧正月はとても大切な
祝日です。
ta.i.wa.n.ji.n.ni./to.tte./kyu.u.sho.u.ga.tsu.wa./
to.te.mo./ta.i.se.tsu.na./shu.ku.ji.tsu./de.su.
對台灣人來說，農曆年是很重要的節日。

お花見に行ってみたいです。
o.ha.na.mi.ni./i.tte./mi.ta.i./de.su.
想去賞櫻看看。

年末には、新年を迎えるために大掃除をし
ます。
ne.n.ma.tsu./ni.wa./shi.n.ne.n.o./mu.ka.e.ru./
ta.me.in./o.o.so.u.ji.o./shi.ma.su.
年末為了迎接新年會大掃除。

夏の花火大会が楽しみです。
na.tsu.no./ha.na.bi.ta.i.ka.i.ga./ta.no.shi.mi./de.
su.
期待夏天的煙火大會。

日本での夏休みは「お盆休み」と言われて
います。
ni.ho.n.de.no./na.tsu.ya.su.mi.wa./o.bo.n.ya.su.mi.
to./i.wa.re.te./i.ma.su.
日本 (公司的) 暑假稱為盂蘭盆節假期。

婚喪喜慶

【對話練習】

A：山田くんから結婚式の招待状が届いたよ。

ya.ma.da.ku.n./ka.ra./ke.kko.n.shi.ki.no./sho.u.ta.i.jo.u.ga./to.do.i.ta.yo.

收到山田寄來的喜帖了。

B：6月にプリンスホテルよね。

ro.ku.ga.tsu.ni./pu.ri.n.su.ho.te.ru./yo.ne.

6月在王子酒店是吧。

A：ご祝儀はいくら包んだらいいのかな？

go.shu.u.gi.wa./i.ku.ra./tsu.tsu.n.da.ra./i.i.no./ka.na.

禮金要包多少才好？

B：同級生だから、3万円ぐらいかな。

do.u.kyu.u.se.i./da.ka.ra./sa.n.ma.n.e.n./gu.ra.i./ka.na.

同學的話，大概3萬吧。

【還可以這麼表達】

結婚式でスピーチをお願いできますか？
ke.kko.n.shi.ki.de./su.pi.i.chi.o./o.ne.ga.i./de.ki.
ma.su.ka.
可以請你在婚禮上說幾句話嗎？

友人代表としてスピーチをさせていただ
きます。
yu.u.ji.n.da.i.hyou./to.shi.te./su.pi.i.chi.o./sa.se.
te./i.ta.da.ki.ma.su.
我會以朋友的身分發表感言。

ご結婚を心より祝福いたします。
go.ke.kko.n.o./ko.ko.ro./yo.ri./shu.ku.fu.ku./i.ta.
shi.ma.su.
誠心恭喜你結婚。

末永くお幸せに。
su.e.na.ga.ku./o.shi.a.wa.se.ni.
祝你們百年好合。

お2人の前途を祝して乾杯。
o.fu.ta.ri.no./ze.n.to.o./shu.ku.shi.te./ka.n.pa.i.
為2人的前途乾杯。

二次会に行きますか？
ni.ji.ka.i.ni./i.ki.ma.su.ka.
要去續攤嗎？

個人生活篇 問候篇 食衣住行篇 娛樂篇 場合篇 文化環境篇

283

【還可以這麼表達】

今日はお通夜だそうです。
kyo.u.wa./o.tsu.ya./da.so.u./de.su.
今天好像是守靈夜。

お葬式はお寺で行われます。
o.so.u.shi.ki.wa./o.te.ra.de./o.ko.na.wa.re.ma.su.
葬禮在寺廟舉行。

葬儀は身内のみで行います。
so.u.gi.wa./mi.u.chi.no.mi.de./o.ko.na.i.ma.su.
葬禮只有親屬參加。

ご愁傷様です。
go.shu.u.sho.u.sa.ma.de.su.
請節哀。

心からお悔やみ申し上げます。
ko.ko.ro.ka.ra./o.ku.ya.mi./mo.u.shi.a.ge.ma.su.
衷心表達遺憾。

故人には大変お世話になりました。
ko.ji.n./ni.wa./ta.i.he.n./o.se.wa.ni./na.ri.ma.shi.
ta.

過去受到故人很多照顧。

絕無冷場

專為聊天準備的日語會話 Q & A

文化環境篇

環境

【對話練習】

A：その国はどうだった？
so.no./ku.ni.wa./do.u./da.tta.
那個國家怎麼樣？

B：大気汚染がひどい。
ta.i.ki.o.se.n.ga./hi.do.i.
空氣汙染很嚴重。

A：スモッグでひどく汚染されている
そうだね。
su.mo.ggu.de./hi.do.ku./o.se.n.sa.re.te./i.ru./
so.u./da.ne.
好像受到了霾害嚴重汙染呢。

A：そちらの衛生状態はどうですか？
so.chi.ra.no./e.i.se.i.jo.u.ta.i.wa./do.u./de.su.
ka.
那裡的衛生環境怎麼樣？

B：とても悪い。あまりおすすめでき
ない。
to.te.mo./wa.ru.i./a.ma.ri./o.su.su.me./de.ki.
na.i.
非常差，不太推薦。

【還可以這麼開頭】

そちらの環境<ruby>環境<rt>かんきょう</rt></ruby>はどうですか？
so.chi.ra.no./ka.n.kyo.u.wa./do.u./de.su.ka.
那裡的環境怎麼樣？

<ruby>食中毒<rt>しょくちゅうどく</rt></ruby>は<ruby>心配<rt>しんぱい</rt></ruby>する<ruby>必要<rt>ひつよう</rt></ruby>ありますか？
sho.ku.chu.u.do.ku.wa./shi.n.pa.i.su.ru./hi.tsu.
yo.u./a.ri.ma.su.ka.
需要擔心食物中毒嗎？

<ruby>空気<rt>くうき</rt></ruby>が<ruby>悪<rt>わる</rt></ruby>いね。
ku.u.ki.ga./wa.ru.i.ne.
空氣很差呢。

ここにいると<ruby>息苦<rt>いきぐる</rt></ruby>しい。
ko.ko.ni./i.ru.to./i.ki.gu.ru.shi.i.
在這裡就覺得呼吸困難。

ここは<ruby>大気汚染<rt>たいきおせん</rt></ruby>がひどいです。
ko.ko.wa./ta.i.ki.o.se.n.ga./hi.do.i./de.su.
這裡的空氣汙染很嚴重。

<ruby>大気汚染<rt>たいきおせん</rt></ruby>がますますひどくなっているようです。
ta.i.ki.o.se.n.ga./ma.su.ma.su./hi.do.ku./na.tte./
i.ru./yo.u.de.su.
空氣汙染好像越來越嚴重。

個人生活篇

問候篇

食衣住行篇

娛樂篇

場合篇

文化環境篇

287

【還可以這麼回答】

大気汚染を減少させるために新しい法律が制定された。

ta.i.ki.o.se.n.o./ge.n.sho.u.sa.se.ru./ta.me.ni./a.ta.ra.shi.i./ho.u.ri.tsu.ga./se.i.te.i.sa.re.ta.

為了降低空氣汙染所以制定了新法律。

その川はひどく汚染されている。

so.no.ka.wa.wa./hi.do.ku./o.se.n.sa.re.te./i.ru.

那條河被嚴重汙染。

ここは空気がきれいだと感じた。

ko.ko.wa./ku.u.ki.ga./ki.re.i.da.to./ka.n.ji.ta.

覺得這裡的空氣很清新。

大気汚染は深刻な問題だ。

ta.i.ki.o.se.n.wa./shi.n.ko.ku.na./mo.n.da.i.da.

空氣汙染是很嚴重的世界性問題。

環境を大切にしたほうがいい。

ka.n.kyo.u.o./ta.i.se.tsu.ni./shi.ta./ho.u.ga./i.i.

最好珍惜環境。

空気のきれいな町だと思う。

ku.ki.no./ki.re.i.na./ma.chi.da.to./o.mo.u.

是個空氣清新的城市。

環保

【對話練習】

A：世界では環境問題が多いですね。
se.ka.i.de.wa./ka.n.kyo.u.mo.n.da.i.ga./o.o.i./
de.su.ne.
世界上有很多環境問題。

B：今の政府がそれぞれの環境問題に
取り組んでいます。
i.ma.no./se.i.fu.ga./so.re.zo.re.no./ka.n.kyo.
u.mo.n.da.i.ni./to.ri.ku.n.de./i.ma.su.
當今政府正著手解決各自的環境問題。

A：ごみを出してくるね。
go.mi.o./da.shi.te./ku.ru.ne.
我去倒垃圾。

B：今日は資源ごみの日よ。間違えな
いでね。
kyo.u.wa./shi.ge.n.go.mi.no.hi.yo./ma.chi.
ga.e.na.i.de.ne.
今天是丟回收物的日子，別搞錯喔。

A：分かってる。
wa.ka.tte.ru.
我知道啦。

【還可以這麼開頭】

買い物袋はお持ちですか？
ka.i.mo.no.bu.ku.ro.wa./o.mo.chi./de.su.ka.
有購物袋嗎？

電球は資源ごみですか？
de.n.kyu.u.wa./shi.ge.n.go.mi./de.su.ka.
燈泡可以回收嗎？

ごみの分別方法を知りたいのですが。
go.mi.no./bu.n.be.tsu.ho.u.ho.u.o./shi.ri.ta.i.no./
de.su.ga.
我想知道垃圾的分類方式。

環境にいいことを何かやっていますか？
ka.n.kyo.u.ni./i.i./ko.to.o./na.ni.ka./ya.tte.i.ma.
su.ka.
是否在做什麼對環境有益的事？

プラスチック製品の収集日を確認してく
れない？
pu.ra.su.chi.kku.se.i.hi.n.no./shu.u.shu.u.bi.o./
ka.ku.ni.n.shi.te./ku.re.na.i.
可否幫我看一下塑膠類的回收日是哪一天？

【還可以這麼回答】

プラスチック製品が規制されます。
pu.ra.su.chi.kku.se.i.hi.n.ga./ki.se.i.sa.re.ma.su.
限用塑膠製品。

エコのためにレジ袋は有料化されています。
e.ko.no./ta.me.ni./re.ji.bu.ku.ro.wa./yu.u.ryo.u.ka.
sa.re.te./i.ma.su.
為了環保所以購物用塑膠袋要付費。

自分のエコバッグを持ってきました。
ji.bu.n.no./e.ko.ba.ggu.o./mo.tte./ki.ma.shi.ta.
我帶了自己的環保袋。

レジ袋は要りません。自分のエコバッグを持っています。
re.ji.bu.ku.ro.wa./i.ri.ma.se.n./ji.bu.n.no./e.ko.
ba.ggu.o./mo.tte./i.ma.su.
不需要塑膠袋，我帶了自己的環保袋。

多くの会社は省エネに努めています。
o.o.ku.no./ka.i.sha.wa./sho.u.e.ne.ni./tsu.to.me.
te./i.ma.su.
很多公司都致力節能減碳。

個人生活篇

問候篇

食衣住行篇

娛樂篇

場合篇

文化環境篇

自然災害

【對話練習】

A：地震じゃなかった？
ji.shi.n.ja.na.ka.tta.
是不是有地震？

B：そう？全然気が付かなかった。
so.u./ze.n.ze.n./ki.ga.tsu.ka.na.ka.tta.
是嗎？我完全沒注意到。

A：気のせいかな。
ki.no.se.i./ka.na.
是我的錯覺嗎。

B：あ、今揺れているね。
a./i.ma./yu.re.te./i.ru.ne.
啊，現在在搖了。

A：なんだか大きいね。
na.n.da.ka./o.o.ki.i.ne.
感覺很大耶。

B：家族に電話しないと。
ka.zo.ku.ni./de.n.wa.shi.na.i.to.
要打個電話給家人才行。

【還可以這麼開頭】

今の地震？それとも気のせい？
i.mo.no./ji.shi.n./so.re.to.mo./ki.no.se.i.
剛剛是地震嗎？還是我的錯覺？

震源地はどこですか？
shi.n.ge.n.chi.wa./do.ko./de.su.ka.
震央是哪裡？

震度はいくつでしたか？
shi.n.do.wa./i.ku.tsu./de.shi.ta.ka.
震度是多少？

地震の大きさはどれくらいでしたか？
ji.shi.n.no./o.o.ki.sa.wa./do.re.ku.ra.i./de.shi.ta.ka.
(那個)地震大概多大？

自然災害が起きたときのために備えはし
ていますか？
shi.ze.n.sa.i.ga.i.ga./o.ki.ta./to.ki.no./ta.me.ni./
so.na.e.wa./shi.te./i.ma.su.ka.
因應天災平時做了什麼準備嗎？

スマホで緊急地震速報を受け取ることが
できますか？
su.ma.ho.de./ki.n.kyu.u.ji.shi.n.so.ku.ho.u.o./u.ke.
to.ru./ko.to.ga./de.ki.ma.su.ka.
手機可以收到地震警報嗎？

個人生活篇

問候篇

食衣住行篇

娛樂篇

場合篇

文化環境篇

【還可以這麼回答】

私の国では地震は日常的です。
wa.ta.shi.no./ku.ni./de.wa./ji.shi.n.wa./ni.chi.
jo.u.te.ki./de.su.
我的國家地震是家常便飯。

地震は大丈夫でしたか？
ji.shi.n.wa./da.i.jo.u.bu./de.shi.ta.ka.
經歷了地震還好嗎？

津波警報が来てました。
tsu.na.mi.ke.i.ho.u.ga./ki.te./ma.shi.ta.
收到了海嘯警報。

警報解除になってよかった。
ke.i.ho.u.ka.i.jo.ni./na.tte./yo.ka.tta.
還好警報解除了。

この雨がやまないと洪水になるかも。
ko.no./a.me.ga./ya.ma.na.i.to./ko.u.zu.i.ni./na.ru./
ka.mo.
這雨再不停說不定會造成洪水。

土石流が発生した。
do.se.ki.ryu.u.ga./ha.sse.i.shi.ta.
發生了土石流。

選舉投票

【對話練習】

A：この人に入れようと思ってる。
ko.no./hi.to.ni./i.re.yo.u.to./o.mo.tte.ru.
我想投給這個人。

B：私も彼が適任だと思う。
wa.ta.shi.mo./ka.re.ga./te.ki.ni.n.da.to./o.mo.u.
我也覺得他很適任。

A：選挙に行くか迷ってる。
se.n.kyo.ni./i.ku.ka./ma.yo.tte.ru.
在猶豫要不要去投票。

B：政治には興味ないよね。
se.i.ji.ni.wa./kyo.u.mi./na.i./yo.ne.
你對政治沒興趣是吧。

A：昨日は選挙日だったので投票に行きました。
ki.no.u.wa./se.n.kyo.bi./da.tta.no.de./to.u.hyo.u.ni./i.ki.ma.shi.ta.
昨天是投票日所以去投票了。

B：結果はどうでしたか？
ke.kka.wa./do.u./de.shi.ta.ka.
結果怎麼樣？

個人生活篇

問候篇

食衣住行篇

娛樂篇

場合篇

文化環境篇

295

【還可以這麼開頭】

選挙期間はいつも騒がしいな。
se.n.kyo.ki.ka.n.wa./i.tsu.mo./sa.wa.ga.shi.i.na.
選舉期間老是吵吵鬧鬧。

誰に入れるか決めた？
da.re.ni./i.re.ru.ka./ki.me.ta.
你決定要投給誰了嗎？

支持する政党はある？
shi.ji.su.ru./se.i.to.u.wa./a.ru.
有支持的政黨嗎？

どの政党が勝つんだろう？
do.no./se.i.to.u.ga./ka.tsu.n./da.ro.u.
哪個政黨會贏呢？

首相はどのように選出されるのですか？
shu.sho.u.wa./do.no.yo.u.ni./se.n.shu.tsu.sa.re.
ru.no./de.su.ka.
首相是怎麼選出的呢？

何歳から投票できますか？
na.n.sa.i./ka.ra./to.u.hyo.u.de.ki.ma.su.ka.
幾歲以上可以投票？

【還可以這麼回答】

わかもの せいじ きょうみ
若者は政治に興味がない。
wa.ka.mo.no.wa./se.i.ji.ni./kyo.u.mi.ga./na.i.
年輕人對政治沒興趣。

せいじ くわ
政治にはあまり詳しくない。
se.i.ji.ni.wa./a.ma.ri./ku.wa.shi.ku.na.i.
我對政治不太熟悉。

だいとうりょうせんきょ よねん おこな
大統領選挙は４年ごとに行われる。
ta.i.to.u.ryo.u.se.n.kyo.wa./yo.ne.n.go.to.ni./o.ko.
na.wa.re.ru.
４年舉辦一次總統選舉。

しちょうせんきょ ごがつ よてい
市長選挙は５月に予定されている。
shi.cho.u.se.n.kyo.wa./go.ga.tsu.ni./yo.te.i.sa.
re.te./i.ru.
下次的市長選舉訂在５月。

かれ とうせん
彼は当選した。
ka.re.wa./to.u.se.n.shi.ta.
他當選了。

こうほしゃ らくせん
あの候補者は落選した。
a.no./ko.u.ho.sha.wa./ra.ku.se.n.shi.ta.
那個候選人落選了。

個人生活篇

問候篇

食衣住行篇

娛樂篇

場合篇

文化環境篇

經濟

【對話練習】

A：景気はいつ回復するんだろうね。
ke.i.ki.wa./i.tsu./ka.i.fu.ku.su.ru.n./da.ro.u.ne.
景氣什麼時候才會恢復呢？

B：あまり期待できないな。
a.ma.ri./ki.ta.i.de.ki.na.i.na.
不太值得期待啊。

A：景気が回復してるって。
ke.i.ki.ga./ka.i.fu.ku.shi.te.ru./tte.
聽說景氣正在恢復。

B：そう？あまり実感ないな。
so.u./a.ma.ri./ji.kka.n./na.i.na.
是嗎？我沒什麼切身的感受。

A：仕事はどうですか？
shi.go.to.wa./do.u./de.su.ka.
工作怎麼樣？

B：順調です。業界は今景気がいいです。
ju.n.cho.u./de.su./gyo.u.ka.i.wa./i.ma./ke.i.ki.ga./i.i./de.su.
很順利。目前業界很景氣。

【還可以這麼開頭】

けいき
景気はどうですか？
ke.i.ki.wa./do.u./de.su.ka.
景氣怎麼樣？

とうし　なに
投資は何かやっていますか？
to.u.shi.wa./na.ni.ka./ya.tte./i.ma.su.ka.
有做什麼投資嗎？

くに　けいき　わる
どの国も景気が悪いようね。
do.no./ku.ni.mo./ke.i.ki.ga./wa.ru.i./yo.u.ne.
好像不管哪個國家的景氣都很差呢。

かいしゃ　とうさんすんぜん
あの会社は倒産寸前だって。
a.no./ka.i.sha.wa./to.u.sa.n.su.n.ze.n./da.tte.
那個公司快破產了。

ぎょうかい　けいき　わる
業界の景気が悪いのになんでこんなお
きらく
気楽なのか？
gyo.u.ka.i.no./ke.i.ki.ga./wa.ru.i.no.ni./na.n.de./
ko.n.a./o.ki.ra.ku./na.no.ka.
為什麼業界的景氣很差還能這麼悠哉？

けいき　わる　　　　しつぎょうりつ たか
景気が悪いと、失業率が高くなる。
ke.i.ki.ga./wa.ru.i.to./shi.tsu.gyo.u.ri.tsu.ga./ta.
ka.ku./na.ru.
景氣差的話，失業率就高。

個人生活篇

問候篇

食衣住行篇

娛樂篇

場合篇

文化環境篇

MP3 284

【還可以這麼回答】

増税の再延期を決定したそうだ。
zo.u.ze.i.no./sa.i.e.n.ki.o./ke.tte.i.shi.ta./so.u.da.
聽說增稅又決定再度延期了。

失業率は高いです。
shi.tsu.gyo.u.ri.tsu.wa./ta.ka.i./de.su.
失業率很高。

円高が進んでいるね。
e.n.da.ka.ga./su.su.n.de./i.ru.ne.
日圓一直升值。

株で損しちゃった。
ka.bu.de./so.n.shi.cha.tta.
玩股票有所損失。

この国は今経済危機に直面している。
ko.no./ku.ni.wa./i.ma./ke.i.za.i.ki.ki.ni./cho.ku.me.n.shi.te./i.ru.
這個國家目前正面對經濟危機。

デフレ経済に陥っている。
de.fu.re.ke.i.za.i.ni./o.chi.i.tte./i.ru.
陷入了通貨緊縮經濟。

宗教

【對話練習】

A：何の宗教を信じていますか？
na.n.no./shu.u.kyo.u.o./shi.n.ji.te./i.ma.su.ka.
是否信仰什麼宗教？

B：特定の信仰はしていません。
to.ku.te.i.no./shi.n.ko.u.wa./shi.te./i.ma.se.n.
我沒有特定的信仰。

A：この国はお寺が多いですね。
ko.no./ku.ni.wa./o.te.ra.ga./o.o.i./de.su.ne.
這個國家的寺廟好多啊。

B：仏教と道教を信仰している人が多いですから。
bu.kkyo.u.to./do.u.kyo.u.o./shi.n.ko.u.shi.te./i.ru./hi.to.ga./o.o.i./de.su.ka.ra.
因為信仰佛教和道教的人很多。

A：お酒飲まないのですか？
o.sa.ke./no.ma.na.i.no./de.su.ka.
你不喝酒嗎？

B：宗教上の理由で飲みません。
shu.u.kyo.u.jo.u.no./ri.yu.u.de./no.mi.ma.se.n.
因為宗教上的原因不喝酒。

個人生活篇

問候篇

食衣住行篇

娛樂篇

場合篇

文化環境篇

【還可以這麼開頭】

この辺りに教会はありますか？
ko.no./a.ta.ri.ni./kyo.u.ka.i.wa./a.ri.ma.su.ka.
這附近有教會嗎？

参拝の作法を教えてください。
sa.n.pa.i.no./sa.ku.ho.u.o./o.shi.e.te./ku.da.sa.i.
可以教我參拜的方法嗎？

神道はどんな宗教ですか？
shi.n.do.u.wa./do.n.na./shu.u.kyo.u./de.su.ka.
神道是什麼樣的宗教呢？

神社に行ったことがありますか？
ji.n.ja.ni./i.tta./ko.to.ga./a.ri.ma.su.ka.
去過神社嗎？

お寺と神社の違いは何ですか？
o.te.ra.to./ji.n.ji.no./chi.ga.i.wa./na.n./de.su.ka.
寺廟和神社有什麼不同？

あなたの宗教は何ですか？
a.na.ta.no./shu.u.kyo.u.wa./na.n./de.su.ka.
你信仰什麼宗教？

【還可以這麼回答】

とくてい しゅうきょうてきしんこう も
特定の宗教的信仰は持っていません。
to.ku.te.i.no./shu.u.kyo.u.te.ki./shi.n.ko.u.wa./
mo.tte./i.ma.se.n.
我沒有特定的宗教信仰。

くに むしゅうきょう ひと おお
この国では無宗教の人が多いです。
ko.no./ku.ni./de.wa./mu.shu.u.kyo.u.no./hi.to.
ga./o.o.i./de.su.
這個國家無宗教信仰的人很多。

くに ひと しゅうきょうしん つよ
この国の人はとても宗教心が強いです。
ko.no./ku.ni.no./hi.to.wa./to.te.mo./shu.u.kyo.
u.shi.n.ga./tsu.yo.i./de.su.
這國家的民眾對宗教有強烈信仰。

えきまえ しゅうきょうかんゆう
駅前で宗教勧誘されました。
e.ki.ma.e.de./shu.u.kyo.u.ka.n.yu.u.sa.re.ma.shi.ta.
在車站前被傳教了。

ぶっきょう どうきょう ちが わ
仏教と道教の違いがよく分からないんで
す。
bu.kkyo.u.to./do.u.kyo.u.no./chi.ga.i.ga./yo.ku./
wa.ka.ra.na.i.n./de.su.
不太懂佛教和道教的不同。

個人生活篇

問候篇

食衣住行篇

娛樂篇

場合篇

文化環境篇

303

日本文化

【對話練習】

A：日本の伝統的な民族衣装はなんですか？
ni.ho.n.no./de.n.to.u.te.ki.na./mi.n.zo.ku.i.sho.u.wa./na.n./de.su.ka.
日本的傳統民俗服飾是什麼？

B：着物です。
ki.mo.no./de.su.
是和服。

A：どんな時に着るのですか？
do.n.na./to.ki.ni./ki.ru.no./de.su.ka.
什麼時候穿呢？

B：成人式や結婚式など、特別な日に着ます。
se.i.ji.n.shi.ki.ya./ke.kko.n.shi.ki./na.do./to.ku.be.tsu.na.hi.ni./ki.ma.su.
成人式或是婚禮，特別的日子穿。

日常的に着る人はあまりいません。
ni.chi.jo.u.te.ki.ni./ki.ru./hi.to.wa./a.ma.ri./i.ma.se.n.
不太有人日常生活也穿(和服)。

【還可以這麼表達】

日本文化といえば何ですか？
ni.ho.n.bu.n.ka.to./i.e.ba./na.n./de.su.ka.
日本文化的代表是什麼？

日本の伝統的なものは何かありますか？
ni.ho.n.no./de.n.to.u.te.ki.na./mo.no.wa./na.ni.
ka./a.ri.ma.su.ka.
日本有什麼傳統的事物嗎？

日本に自動販売機が多い理由は何ですか？
ni.ho.n.ni./ji.do.u.ha.n.ba.i.ki.ga./o.o.i./ri.yu.u.wa./
na.n./de.su.ka.
為什麼日本的自動販賣機這麼多呢？

日本の漫画文化には世界中に多くのファンがいます。
ni.ho.n.no./m.an.ga.bu.n.ka.ni.wa./se.ka.i.ju.u.ni./
o.o.ku.no./fa.n.ga./i.ma.su.
日本的漫畫文化在全世界擁有許多粉絲。

カラオケはどの世代にも人気があります。
ka.ra.o.ke.wa./do.no./se.da.i.ni.mo./ni.n.ki.ga./
a.ri.ma.su.
卡拉 OK 不管在哪個年齡層都很受歡迎。

個人生活篇

問候篇

食衣住行篇

娛樂篇

場合篇

文化環境篇

【還可以這麼表達】

歌舞伎は外国人にも人気の高い演劇です。
ka.bu.gi.wa./ga.i.ko.ku.ji.n./ni.mo./ni.n.ki.no./ta.ka.
i./e.n.ge.ki./de.su.
歌舞伎是對外國人也很有吸引力的劇。

茶道にも華道にも興味はあります。
sa.do.u./ni.mo./ka.do.u./ni.mo./kyo.u.mi.wa./a.ri.
ma.su.
對茶道和花道都有興趣。

俳句を作ったことがありますか？
ha.i.ku.o./tsu.ku.tta./ko.to.ga./a.ri.ma.su.ka.
曾經做過俳句嗎？

今週末、初めて大相撲を見に行きます。
ko.n.shu.u.ma.tsu./ha.ji.me.te./o.o.zu.mo.u.o./
mi.ni./i.ki.ma.su.
本週末第一次去看大相撲。

三味線は日本の伝統的な弦楽器です。
sha.mi.se.n.wa./ni.ho.n.no./de.n.to.u.te.ki.na./ge.n.
ga.kki./de.su.
三弦琴是日本傳統的弦樂器。

生活習慣

【對話練習】

A：日本独特の習慣といえば何を思い
出しますか？
ni.ho.n.do.ku.to.ku.no./shu.u.ka.n.to./i.e.ba./
na.ni.o./o.mo.i.da.shi.ma.su.ka.
說到日本特有的習慣你會想到什麼。

B：お辞儀ですね。
o.ji.gi./de.su.ne.
鞠躬行禮吧。

日本人は色んな場面でお辞儀をし
ます。
ni.ho.n.ji.n.wa./i.ro.n.na./ba.me.n.de./o.ji.
gi.o./shi.ma.su.
日本人在各種場合都會鞠躬。

そして、日常的に正座の習慣があ
るのは日本だけだと思います。
so.shi.te./ni.chi.jo.u.te.ki.ni./se.i.za.no./shu.
u.ka.n.ga./a.ru.no.wa./ni.ho.n./da.ke.da.to./
o.mo.i.ma.su.
然後，日常生活中也會跪坐的也只有日本。

個人生活篇

問候篇

食衣住行篇

娛樂篇

場合篇

文化環境篇

【還可以這麼開頭】

どんな時に正座しますか？
do.n.na./to.ki.ni./se.i.za.shi.ma.su.ka.
什麼樣的情況下會跪坐呢？

チップ文化はありますか？
chi.ppu.bu.n.ka.wa./a.ri.ma.su.ka.
有小費文化嗎？

昼寝の習慣はありますか？
hi.ru.ne.no./shu.u.ka.n.wa./a.ri.ma.su.ka.
有午睡的習慣嗎？

家に上がる時には靴を脱ぎますか？
i.e.ni./a.ga.ru./to.ki.ni.wa./ku.tsu.o./nu.gi.ma.su.
ka.
進入家中時會把鞋子脫掉嗎？

お寿司は手で食べてもいいですか？
o.su.shi.wa./te.de./ta.be.te.mo./i.i./de.su.ka.
可以用手拿壽司吃嗎？

どうして日本は左側通行なのですか？
do.u.shi.te./ni.ho.n.wa./hi.da.ri.ga.wa./tsu.u.ko.
u.na.no./de.su.ka.
為什麼日本交通是靠左行駛呢？

【還可以這麼回答】

ATMが２４時間営業ではないことが
不思議です。
a.ti.e.mu.ga./ni.ju.u.yo.ji.ka.n.e.i.gyo.u./de.wa.
na.i./ko.to.ga./fu.shi.gi./de.su.
對 ATM 不是 24 小時營業的事感到驚訝。

日本食に詳しい外国人も多いです。
ni.ho.n.sho.ku.ni./ku.wa.shi.i./ga.i.ko.ku.ji.n.mo./
o.o.i./de.su.
對日本料理熟悉的外國人也很多。

茶碗は手に持ったほうがいいマナーです。
cha.wa.n.wa./te.ni./mo.tta./ho.u.ga./i.i./ma.na.
a./de.su.
吃飯時用手端著碗是很好的禮儀。

音を立てて麺類を食べるのが珍しい文化
です。
o.to.o./ta.te.te./me.n.ru.i.o./ta.be.ru.no.ga./
me.zu.ra.shi.i./bu.n.ka./de.su.
吃麵發出聲音是很少見的文化。

外国人にとって敬語はとても難しいです。
ga.i.ko.ku.ji.n.ni./to.tte./ke.i.go.wa./to.te.mo./
mu.zu.ka.shi.i./de.su.
對外國人來說敬語非常困難。

個人生活篇

問候篇

食衣住行篇

娛樂篇

場合篇

文化環境篇

309

觀光景點

【對話練習】

A：東京は初めてですか？
to.u.kyo.u.wa./ha.ji.me.te./de.su.ka.
是第 1 次來東京嗎？

B：はい、とても楽しみです。
ha.i./to.te.mo./ta.no.shi.mi./de.su.
是的，很期待。

おすすめの観光スポットはありま
すか？
o.su.su.me.no./ka.n.ko.u.su.po.tto.wa./a.ri.
ma.su.ka.
有推薦的觀光景點嗎？

A：東京の新名所といえばスカイツリ
ーですね。
to.u.kyo.u.no./shi.n.me.i.sho.to./i.e.ba./su.ka.
i.tsu.ri.i./de.su.ne.
東京的新名勝應該就屬晴空塔了吧。

近くの浅草には江戸情緒がたくさ
んありますよ。
chi.ka.ku.no./a.sa.ku.sa./ni.wa./e.do.jo.u.cho.
ga./ta.ku.sa.n./a.ri.ma.su.yo.
附近的淺草也很有江戶風情。

【還可以這麼開頭】

かんさい たび
関西を旅するならどこに行くのがおすす
めですか？
ka.n.sa.i.o./ta.bi.su.ru./na.ra./do.ko.ni./i.ku.no.
ga./o.su.su.me./de.su.ka.
去關西旅行的話，你推薦去哪？

ほっかいどう
北海道では、どこかいい場所があります
か？
ho.kka.i.do.u./de.wa./do.ko.ka./i.i./ba.sho.ga./a.ri.
ma.su.ka.
北海道有什麼不錯的地方嗎？

けしき
景色のいいところを知っていますか？
ke.shi.ki.no./i.i./to.ko.ro.o./shi.tte./i.ma.su.ka.
你知道哪裡風景優美嗎？

ふくおか い
福岡に行ったことはないけど行ってみた
いです。
fu.ku.o.ka.ni./i.tta./ko.to.wa./na.i./ke.do./i.tte./
mi.ta.i./de.su.
沒去過福岡，想去看看。

い せかいいさん
行ってみたい世界遺産はどこですか？
i.tte./mi.ta.i./se.ka.i.i.sa.n.wa./do.ko./de.su.ka.
你有想去的世界遺產嗎？

個人生活篇

問候篇

食衣住行篇

娛樂篇

場合篇

文化環境篇

311

【還可以這麼回答】

きょうと こうよう み い
京都へ紅葉を見に行ってきました。
kyo.u.to.e./ko.u.yo.u.o./mi.ni./i.tte./ki.ma.shi.ta.
去京都賞了楓。

こども にんき
ディズニーランドは子供に人気です。
di.zu.ni.i.ra.n.do.wa./ko.do.mo.ni./ni.n.ki./de.su.
小朋友很喜歡迪士尼。

ふゆ ろてんぶろ たいけん
冬の露天風呂を体験してみたいです。
fu.yu.no./ro.te.n.bu.ro.o./ta.i.ke.n.shi.te./mi.ta.i./
de.su.
想試試冬天的露天溫泉。

にほん しろ す
日本のお城が好きです。
ni.ho.n.no./o.shi.ro.ga./su.ki./de.su.
喜歡日本的城。

ほっかいどう しぜん たの
北海道で自然を楽しみたいです。
ho.kka.i.do.u.de./shi.ze.n.o./ta.no.shi.mi.ta.i./
de.su.
想要享受北海道的大自然。

あした あさいち い
明日は朝市に行きます。
a.shi.ta.wa./a.sa.i.chi.ni./i.ki.ma.su.
明天要去早市。

介紹台灣

【對話練習】

A：台湾に行くって言ってましたね。
ta.i.wa.n.ni./i.ku.tte./i.tte.ma.shi.ta.ne.
你說過要去台灣吧。

B：はい、マンゴーアイスが楽しみで
す。
ha.i./ma.n.go.o.a.i.su.ga./ta.no.shi.mi./de.su.
對啊，很期待吃芒果冰。

A：でも、フレッシュなマンゴーは夏
しか食べられませんよ。
de.mo./fu.re.sshu.na./ma.n.go.o.wa./na.tsu.
shi.ka./ta.be.ra.re.ma.se.n.yo.
不過新鮮的芒果只有夏天吃得到喔。

B：そうなんですか？楽しみにしてた
のに。
so.u.na.n./de.su.ka./ta.no.shi.mi.ni.shi.te.ta./
no.nl.
是這樣嗎？虧我那麼期待。

残念です。
za.n.ne.n.de.su.
太可惜了。

個人生活篇

問候篇

食衣住行篇

娛樂篇

場合篇

文化環境篇

【還可以這麼表達】

^{あたた}
暖かいところです。
a.ta.ta.ka.i./to.ko.ro./de.su.
很溫暖的地方。

^{だんぼう ふきゅう}
暖房が普及していません。
da.n.bo.u.ga./fu.kyu.u.shi.te./i.ma.se.n.
暖氣並不常見。

^{なつ む あつ}
夏は蒸し暑いです。
na.tsu.wa./mu.shi.a.tsu.i./de.su.
夏天很悶熱。

^{いんしょく きんし}
MRT での飲食は禁止されてます。
e.mu.a.ru.ti.de.no./i.n.sho.ku.wa./ki.n.shi.sa.re.
te./ma.su.
在捷運上禁止飲食。

^{ふくろゆうりょう}
コンビニの袋は有料です。
ko.n.bi.ni.no./bu.ku.ro.wa./yu.u.ryo.u./de.su.
超商的塑膠袋要付費。

^{せいかく ひと おお}
のんびりした性格の人が多いです。
no.n.bi.ri.shi.ta./se.i.ka.ku.no./hi.to.ga./o.o.i./de.
su.
個性悠哉的人很多。

【還可以這麼表達】

台湾<ruby>た<rt></rt></ruby>で食べる料理の代表としてはやはり
小籠包でしょう。
ta.i.wa.n.de./ta.be.ru./ryo.u.ri.no./da.i.hyo.u./
to.shi.te.wa./ya.ha.ri./sho.u.ro.n.po.u./de.sho.u.
在台灣必吃的料理，最具代表性的就是小籠包
了。

夜市で安くておいしいものが食べられま
す。
yo.i.chi.de./ya.su.ku.te./o.i.shi.i.mo.no.ga./ta.be.
ra.re.ma.su.
夜市能吃到便宜又好吃的東西。

数多くのフルーツがあります。
ka.zu.o.o.ku.no./fu.ru.u.tsu.ga./a.ri.ma.su.
有很多水果。

太魯閣峡谷はローカルにも人気の高い
観光地です。
ta.ro.ko.kyo.u.ko.ku.wa./ro.o.ka.ru./ni.mo./ni.n.ki.
no./ta.ka.i./ka.n.ko.u.chi./de.su.
太魯閣在台灣當地也是很熱門的觀光地。

バイクが多いです。
ba.i.ku.ga./o.o.i./de.su.
機車很多。

個人生活篇

問候篇

食衣住行篇

娛樂篇

場合篇

文化環境篇

315

國家圖書館出版品預行編目(CIP)資料

絕無冷場！專為聊天準備的日語會話Q&A / 雅典日研所
　　編著. -- 一版. -- 新北市：雅典文化，民108.07
　　　　　　　　面；　公分
　　ISBN 978-986-97795-1-7(平裝附光碟片)
　　1.日語 2.會話
803.188　　　　　　　　　　　　　108009302

絕無冷場！專為聊天準備的日語會話Q&A

編著／雅典日研所
責編／許惠萍
美術編輯／許惠萍
封面設計／林鈺恆

法律顧問：方圓法律事務所／涂成樞律師

總經銷／永續圖書有限公司　　　CVS代理／美璟文化有限公司
永續圖書線上購物網　　　　　　TEL：(02) 2723-9968
www.foreverbooks.com.tw　　　FAX：(02) 2723-9668

出版日／2019年07月

雅典文化

出版社
22103　新北市汐止區大同路三段194號9樓之1
　　　TEL　(02) 8647-3663
　　　FAX　(02) 8647-3660

絕無冷場！專為聊天準備的日語會話Q&A

親愛的顧客您好，感謝您購買這本書。

為了提供您更好的服務品質，煩請填寫下列回函資料，您的支持是我們最大的動力。

您可以選擇傳真、掃描或用本公司準備的免郵回函寄回，謝謝。

姓名：	性別： □男 □女
出生日期： 年 月 日 電話：	
學歷：	職業： □男 □女
E-mail：	
地址：□□□	
從何得知本書消息：□逛書店 □朋友推薦 □DM廣告 □網路雜誌	
購買本書動機：□封面 □書名 □排版 □內容 □價格便宜	
你對本書的意見： 內容：□滿意□尚可□待改進　編輯：□滿意□尚可□待改進 封面：□滿意□尚可□待改進　定價：□滿意□尚可□待改進	
其他建議：	

總經銷：永續圖書有限公司

永續圖書線上購物網
www.foreverbooks.com.tw

您可以使用以下方式將回函寄回。

您的回覆，是我們進步的最大動力，謝謝。

① 使用本公司準備的免郵回函寄回。

② 傳真電話：（02）8647-3660

③ 掃描圖檔寄到電子信箱：

yungjiuh@ms45.hinet.net

沿此線對折後寄回，謝謝。

雅致風靡　　典藏文化